小上校

[美]安妮·费洛斯·约翰斯顿　著
杜文　译

浙江人民美术出版社

图书在版编目（CIP）数据

小上校 ／（美）安妮·费洛斯·约翰斯顿著 ；杜文译. -- 杭州 ：浙江人民美术出版社，2025. 3. -- ISBN 978-7-5751-0432-6

Ⅰ. Ｉ712.84

中国国家版本馆 CIP 数据核字第 2025625776 号

小上校

[美]安妮·费洛斯·约翰斯顿　著

杜文　译

责任编辑　杜　瑜
责任校对　黄　静
责任印制　陈柏荣
封面绘制　潘　路

出版发行　浙江人民美术出版社
　　　　　（杭州市环城北路177号）
经　　销　全国各地新华书店
制　　版　杭州真凯文化艺术有限公司
印　　刷　杭州高腾印务有限公司
版　　次　2025年3月第1版
印　　次　2025年3月第1次印刷
开　　本　889mm×1194mm　1/32
印　　张　7
字　　数　120千字
书　　号　ISBN 978-7-5751-0432-6
定　　价　32.00元

如发现印刷装订质量问题，影响阅读，请与出版社营销部联系调换。

出版说明

安妮·费洛斯·约翰斯顿（Annie Fellows Johnston），1863 年出生于美国，1931 年逝世，是美国著名儿童文学作家。她一生致力于儿童小说创作，作品超过 40 部，深受孩子们的喜爱。约翰斯顿的作品大多具有半自传色彩，都是以她生活的肯塔基州的风土人情为背景、以她周围的人为原型创作而成的。她的文风朴实、风趣，充满了童真、童趣，她的作品贯穿始终的主题就是亲情、友情、爱心以及宽容精神。

安妮·费洛斯·约翰斯顿最为人所知的作品是"小上校"系列儿童小说。该系列小说自问世以来广受好评，其中《小上校》更是被誉为经典之作。这部作品不仅展现了孩子们纯真善良的一面，还通过人物互动，层层递进地揭示了亲情、友情与宽容对成长的关键作用。"小上校"系列儿童小说为约翰斯顿赢得了广泛的赞誉和读者的喜爱。

本次出版的《小上校》一书，收录了安妮·费洛斯·约翰斯顿的两篇经典小说——《小上校》及其续作《小上校的家庭派对》。

《小上校》原版图书首次发表于 1895 年，是约翰斯顿的代表作之一。小说秉承作者一贯的风格，具有很强的写实色彩与道德寓意。小说中的主人公小上校、老上校都是作家身边的人，作家对其中的故事情节等都有感同身受的体验，因而小说读起来让人觉得亲切、生活化，深入人心。此外，作家还采用拟人化的手法赋予自然物，如洋槐树、小动物们以灵性，烘托气氛，为小说布上一层浓浓的诗意色彩。这部作品一问世就颇受欢迎，此后她又相继完成了《小上校的家庭派对》《小上校心目中的英雄》《小上校的圣诞假期》等系列儿童小说。

《小上校的家庭派对》是《小上校》的续作，同样是约翰斯顿的经典作品。本次翻译所用版本是 L.C. PAGE 出版社 1905 年出版的版本，并做了一些删减，以适应本书的篇幅和读者的阅读习惯。尽管如此，本书仍然保留了《小上校的家庭派对》的核心情节和主题，即劳埃德与朋友们愉快的相处时光及她们的成长。

在翻译过程中，我们力求保持原文的韵味和风格，同时注重语言的流畅性和可读性。希望本书能够带领读者走进安妮·费洛斯·约翰斯顿笔下的儿童世界，感受那份纯真与美好。

目录

第一部
小上校

第一章

洋槐庄园

那个早晨，小上校站在全肯塔基州最漂亮的地方之一。她踮着脚尖使劲往上够着，小脸急切地紧贴在正门的铁条上，这扇正门通向一栋漂亮的、名叫"洋槐"的老庄园。

一只毛发乱蓬蓬的斯凯梗两条后腿立起来站在她旁边，它好奇地把鼻子戳到铁条中间，摇晃着流苏状的尾巴，以示它同样觉得眼前的景象的确很棒。

他们沿着一条长长的林荫道望过去，这条大道长达

400米，两边是两排雄伟的老洋槐树。

在远处，林荫道的尽头，他们透过长得密密麻麻的五叶地锦，隐约能看到一栋大石头房子的几根白色柱子。不过他们看不到，老上校正坐在门廊上他那把大椅子里，门廊前面是一排遮阳的藤蔓。

就在这时，老上校听到从大马路上传来车轮的隆隆声，于是拿起望远镜看是谁路过这里。原来是一个黑人顶着烈日和尘土，驾着一辆装满鸡笼的马车。老上校目送他走上一条通往新旅馆后面的车道，这家旅馆不久前才在这个僻静的乡村开业。之后，他的目光落在了两个小陌生来客身上，他们沿着林荫道、穿过大门朝他走来。一个身影是他这辈子见过的最活泼的狗，另一个身影是一个据他推断大约5岁的孩子。

她的鞋上落满灰尘，头上的白色太阳帽滑落下来吊在肩膀上。在路上摘的一束野花已经在她那暖暖的小手里发蔫、枯萎了。她那柔软的浅色头发剪得很短，像男孩的头发一样。

奇怪的是，这个孩子让他有一种似曾相识的感觉，尤其是她走路时那种挺拔、优雅的仪态。

老上校劳埃德觉得很纳闷。他在劳埃兹巴勒住了一辈子，这还是第一次，他居然认不出街坊邻居家的孩子。他连这里的每一只狗、每一匹马都认识，即使叫不出名字，也能一眼就认出来。

虽然住得远离公路，但这并没有限制他的视野，阻碍他了解世态万象。一架功能强大的望远镜让他对来来往往的每一个目标都一览无余，同时也让他免受噪音和尘土的困扰。

"我应该像熟悉自己的名字一样熟悉那个孩子的，"他自言自语地说，"不过在这一带是没见过那只狗。它还真是我见过的最活泼的小东西！他们肯定是住在那个旅馆里的。奇怪，他们想干什么？"

他仔细地擦了擦镜片，好看得更清楚些。当他再抬头看时，才反应过来，显然他们并不是来拜访他的。

他们沿着林荫道走到半路就停下了，然后爬到一张简易的凳子上休息。

那只狗一动不动地坐了2分钟，红色的舌头垂在外面，就好像它已经彻底累垮了。

突然，它一下子跳起来，冲进高高的蓝草丛里。一眨眼它又跑了回来，嘴里叼着一根棍子。它把身子立起来，两只前爪放在小主人的大腿上，然后用渴望的眼神看着她的脸，这样一来让她都没法拒绝它，只好陪它一起玩耍。

看着他们在草丛里连滚带爬地去找那个孩子一次次扔出去的棍子，老上校咯咯地笑了。

他们跑得离那条林荫道越来越远了，于是他把椅子拖到门廊的另一头。

那些老洋槐树已经好多年都没有见过这样的情景了。孩子们从来不在它们那浓浓的树荫下玩耍。

不过它们只在像这样美好的春日，私下说起这事。曾经有一段时光，那时候孩子们在长长的林荫道上追逐嬉戏，就像绿霸鹟在山毛榉树林里一样自由自在。

突然，那个小姑娘直挺挺地站了起来，嗅起了空气中的气味，好像从草坪那边飘过来一股香喷喷的味道。

"弗里茨，"她兴冲冲地叫道，"我闻到草莓的味道了！"

老上校听不到这番话，还奇怪他们为什么突然停下不玩了。不过，等他看到他们吃力地穿过高高的草丛，径直冲他的草莓苗圃走过来时，就明白是怎么回事了。这草莓苗圃可是他心中的骄傲，也是方圆几千米内最好的草莓苗圃。这个季节的第一批草莓前一天刚摘过。那些眼下还挂在藤上、熟透了的草莓，他打算送给隔壁的邻居，好以此证明，他曾经夸口说"我种的水果永远都是最好的，而且也是成熟最早的"这句话说得没错。

他可不想让自己的计划被这两个游荡的客人破坏了，于是把望远镜放到椅子旁边的小桌子上的老地方，然后拿起帽子走到人行道上。

劳埃德上校的朋友们都说他长得像拿破仑，或者说，假如拿破仑是土生土长的肯塔基州人的话，那就更像了。

他穿着一身白色紧身弹力棉织服，看上去身材挺拔。

从5月到10月，老上校总是穿白色的衣服。

他持守军人的严谨作风，从挺拔的身姿到那坚毅的下巴上修剪整齐的白色小山羊胡子，都能看得出这一点。

任何人只要看到他那刚毅的面孔上的清晰线条，就可以想见，他一旦打定了主意，就不可能放弃初衷或者改变主意。

大多数孩子都怕他。他一皱眉头，他家附近的黑人都会吓得发抖。他们的经验之谈是"老主人劳埃德的脾气跟老虎的脾气一样"。

当他从人行道上走过去时，有两样东西默默见证了他昔日的戎马生涯——一个是他的靴子后跟上的发亮的马刺，因为他早晨刚刚骑马回来；另一个是他身体右侧那只空荡荡的袖子。

他勇敢地赢得了他的上校头衔。他为南方献出了自己唯一的儿子和结实有力的右臂。这都是近30年前的事了。

这次他没有像往常那样用武力攻击敌人。这个在草莓地里如阳光一般闪耀的小脑袋让他一下子想起了那个曾经形影不离地跟着他的小伙伴——汤姆，那个村子里最可靠、最漂亮的男孩——他曾经那么引以为傲、简直要顶礼膜拜的汤姆。

注视着这个低头看草莓的漂亮脑袋，他几乎忘记了汤姆已然长大成人，曾扛起步枪跟随他去了军营，就是这样的一个少年，却在他第一次上战场时就被一个北方人的子弹射中倒下了。

此刻，老上校心中泛起涟漪，仿佛时光倒流，汤姆又回到了他的身边。

他听到那孩子用无比快乐的声音说道："哦，弗里茨，我们来这儿，你是不是很高兴呀？我们有了外公，还能吃到这么好吃的草莓，你是不是特开心呢？"

说话的时候她发不出辅音字母前的"s"音。[1]当老上校走近一些时，看到她又往小狗的嘴里扔了一颗草莓。一根小树枝啪的一声折断了，她惊慌地抬头看着他。

"先生？"她胆怯地说道，她觉得那双目光严厉、犀利的眼睛就好像会说话一样。

"孩子，你在这儿干什么呢？"他问道，说这话时他的声音比他的目光要温和，因此她又立刻恢复了平日的沉着冷静。

"吃草莓呢。"她不动声色地回答道。

"那你到底是什么人呢？"他盘问道，觉得很纳闷。在

---

[1] 这里指小上校年纪小，口齿不太清楚。

他盘问的时候他的目光不经意地落在了那只狗身上。它的毛发乱蓬蓬的，像小精灵的毛发一样一缕一缕的，几乎把脸都遮住了，一双眼睛像极了人的眼睛，这个时候它正透过脸上的毛发窥视他。

"弗里茨，要是有人跟你说话，你要搭话。"她表情严肃地说道，说着话又把一颗香甜的草莓扔进自己的嘴里。弗里茨乖乖地长叫了一声。老上校勉强地笑了一下。

"你叫什么名字？"他问道，这次他直视着她。

"妈妈叫我'我的小宝贝'，"她柔声回答道，"但是爸爸和贝克妈妈他们叫我'小上校'。"

"他们究竟为什么要这么叫你呢？"他大声问道。

"因为我特别像您。"她的回答让他大吃一惊。

"像我！"老上校喘着粗气说道，"你怎么会像我呢？"

"哎呀，我的脾气坏透了，我生气的时候就跺脚，就脸红脖子粗的，还冲人大喊大叫，就像这样。"她说。

她把脸拉下来，嘴唇紧抿，摆出一副阴沉的样子，就像脸上刚刮过一场暴风雨，但紧接着她沉着地抬头冲他一笑。老上校大笑起来。"是什么让你以为我是这样的呢？"

他说道，"你以前可从来没有见过我。"

"您见过我，我也见过您，"她不依不饶地说，"您的照片就挂在我们家壁炉架上面的金色相框里。"

就在这时，从大马路上传来一声清晰响亮的叫声。

那孩子惊慌地站了起来。"哦，天哪，"看到自己的白裙子上面的污渍，她沮丧地叫道，那是她跪在水果上时弄脏的，"这是贝克妈妈在叫我呢。这下我要被她绑起来了，可能还要因为又跑出去而被逼着上床睡觉呢！不过草莓真是好吃极了。"她礼貌地又说了一句："先生，早上好。弗里茨，我们现在得走了。"

那叫声越来越近了。

"我要陪你一起走到大门口。"老上校说道，他急于多了解一点这位小客人的情况。"哎呀，先生，您还是不要走过去吧！"她慌忙叫道，"贝克妈妈一点都不喜欢您。她可恨您呢！下次见到您，她要狠狠地骂您一顿。我听她跟内维阿姨这么说过。"

这孩子说话的语气中充满焦虑，就好像她在告诉他，有人要用鞭子抽他。

"劳埃德！喂，劳——埃——德！"叫声又一次传来。

一位衣着整洁的黑人女人在从大门口路过时往里瞥了一眼，然后就吃惊地站住了。她常常发现她的小主人在路边玩或者藏到树后面，但是在这之前她从来没见过她进别人家的院子。

当这个名字穿越晴空飘落到他耳朵里的时候，老上校那严肃的表情变了。他弯腰面对着那个孩子。当他把一只手放到她柔软的下巴下面，让她的眼睛抬起来与自己对视时，他的那只手直发抖。

"劳埃德，劳埃德！"他茫然地重复着，"怎么可能呢？的确是太像了。你的头发跟我那可爱的汤姆的头发一模一样，而且只有我的宝贝伊丽莎白才有这样的淡褐色眼睛。"

他用一只胳膊把她抱起来，然后大步朝大门口走去，那个黑人女人就站在门口。

"贝基[2]，怎么是你呀？"他叫道，认出她就是他妻子在世时在洋槐庄园住过的一位忠实的老仆人。

---

[2] 贝克妈妈的昵称。

她只是阴沉着脸点了点头。

"这是谁的孩子?"他急切地问道,似乎没有注意到她那副目中无人的神态,"如果可以的话就告诉我吧。"

"先生,我怎么能告诉您呢,"她气鼓鼓地说道,"您不是一直不让我们在您面前提她的名字吗?"

她直视着老上校的眼睛。他急忙把那孩子放下,紧紧抿着嘴唇。

"贝克妈妈,不要把我的太阳帽带子系紧。"小上校说道,然后挥了挥手,露出迷人的微笑。

"先生,再见,"她彬彬有礼地说,"我们在这儿玩得开心极了!"

老上校脱下帽子,像往常一样温文尔雅地鞠躬致敬,不过他一句话都没有说。

当她那飘动的衣裙最终消失在大马路的拐弯处时,他慢慢地走回自己的房子。

她曾经沿着那条长长的林荫道走着,走到半路停下来休息,他也跟她一样坐到那条简易凳子上休息。他还在回味着她那柔软的小手指放在他的脖子上时的感觉,当他抱着她走到大门口的时候，这几根小手指就放在他的脖子上。

他的视线瞬间模糊了，这可完全不像拿破仑的做派。他的心已经很久没有被这样深深地触动了，他也已经很久没有得到过这样的爱抚了。

自汤姆被安葬在士兵墓，已过去20多年，伊丽莎白似乎也永远地在他面前消失了。

这就是伊丽莎白的宝贝女儿。一想到小上校，就有一股非常温暖甜蜜的热浪涌上他的心头。蓦然间，他觉得很高兴，他们这么称呼她，他很高兴，他唯一的外孙女长得跟他很像，外人都能看出他们很像。

不过，当他想起，他的女儿是违背他的意愿结婚的，他已经永远地把她拒之门外了，这种感觉也随即消失了。

昔日的怨恨情绪又加倍地增强了。

旋即，他大踏步地走在林荫道上，呼喊他的仆人沃克，那语气很可怕。仆人赶紧接受了厨师的忠告："趁着那只大老虎还没有到处挥鞭子打人，最好赶快躲到厨房里去吧。"

第二章

伤心的小上校

贝克妈妈把熨衣板从热烘烘的厨房拿出来，把熨斗从炉子上拿开，然后蹑手蹑脚地走到小木屋的侧廊上。

"亲爱的，有没有觉得好点？"她冲在吊床上躺着的那位如少女一般漂亮的女人说道，"我今晚一定去那个旅馆找一个女服务员来帮忙。如果您同意的话我就带着小上校去。她总是很想跟住在那儿的韦弗德太太家的孩子玩。"

"贝基，是的，我好点啦。"她有气无力地回答道，"你要是带劳埃德去，那就给她换上一件干净的衣服吧。"

谢尔曼太太又合上眼睛，感激地想："谢天谢地，幸亏有忠实的老贝基在！这一辈子她真是给了我太大的帮助，起初是我的保姆，现在又成了劳埃德的保姆！她这人简直是千金难买呀！"

那个下午，当贝克妈妈带着那个孩子走上那家旅馆门前的绿色斜坡时，草地上留下她们长长的影子。

小上校和弗里茨一路高兴得手舞足蹈，她的脸颊红扑扑的，就好像野玫瑰一样。她那金黄色的短发和帽檐下闪闪发亮的黑眼睛，构成了一幅精致的画面。

有几位女士正坐在阴凉的门廊上忙着刺绣，看到她之后，就以称赞的口吻聊了起来。"这是伊丽莎白·劳埃德的宝贝女儿，"其中一位说道，"你们还记得许多年前她嫁给一个纽约人时的情形吗？我记得，那人的名字叫谢尔曼，杰克·谢尔曼。他是一个特别棒的人，非常有钱。没人能说出一句他的不是来，唯一的遗憾是，他是个北方人。这一点就让老上校烦透了。他就像痛恨毒药一样痛恨北方人。他大发雷霆，诅咒发誓，再也不要让他看到伊丽莎白。他把她的房间锁了起来，从此以后这里就再也没人敢提她的名字，因为怕被他听到。"

小上校端坐在门廊的台阶上等候那些孩子。保姆还在给他们穿傍晚穿的衣服。

她给弗里茨看一份图画周刊里的画，自娱自乐。不久她就觉察到，那些女士正在议论她。她一直都是跟年龄偏大的人生活在一起的，所以她的想法比她说出的那些孩子气的话深刻多了，并不像人们以为的那么幼稚。

从仆人们的话里话外，她隐约知道，她的妈妈和外公之间有些麻烦。现在她从这些人的嘴里听到了事情的来龙去脉。她听不懂她们所说的"银行倒闭"和"投资失利"是什么意思，但是她清楚地明白，她的爸爸失去了几乎所有的钱，所以就去西部挣钱了。

两周前，谢尔曼太太从他们在纽约的漂亮的家搬到了劳埃兹巴勒，住进了她母亲留给她的这栋小木屋。以往他们家有一屋子的仆人，如今这里只有忠实的贝克妈妈，她一个人做所有的家务。

这孩子的眼神里蕴含着一种神秘的吸引力。

当韦弗德太太发现她们直勾勾地盯着她看时，她担心地耸耸肩。

"我就相信那个小魔女明白我说的每一句话。"她大声说道。

"哎呀，她肯定听不懂的，"有人安慰道，"她还太小了。"

但是这些话小上校都听到了，也都明白是什么意思，所以隐隐有点不高兴。在回家的路上，她没有跟弗里茨跑着玩，而是表情严肃地走在贝克妈妈旁边，紧紧地抓住那只充满友爱、皮肤黝黑的手。

"我们要从那片树林穿过去，"贝克妈妈说着，把她举起来，让她翻过栅栏，"走那条路就不那么远了。"

当她们顺着那条弯弯曲曲的狭窄小路走进昏暗凉爽的树林里时，贝克妈妈唱起了歌。那低声哼唱的调子很忧伤，就好像葬礼上的哀乐一般。

天上挂着厚厚的云彩，快要下雨了。

别了，我那悲伤憔悴的朋友们。

我要躺在静静的坟墓里了。

别了，我那悲伤憔悴的朋友们。

听到隐约的呜咽声，她停下不唱了，吃惊地低头看。

"宝贝，怎么啦？"她大声问道，"是艾玛·路易斯惹你生气了？还是因为太累了，所以才哭的？不哭了！剩下的路，老贝基要抱着她的宝贝走。"

她用胳膊抱起这个轻盈的身体，把那张不安的小脸按到她的肩膀上，接着边走边唱起来：

我们穿行的这个世界有太多的麻烦，

别了，我那悲伤憔悴的朋友们。

"哎呀，贝克妈妈，别唱了。"那个孩子抽泣着说道，她的两只胳膊紧紧抱住那个女人的脖子，哭着，就好像她的心要碎了。

"天哪，你怎么啦？"贝克妈妈惊慌地问道。然后她坐到一根长满青苔的木头上，摘下白帽子，端详那张发红的、挂着眼泪的面孔。

"你唱那种歌让我觉得特别孤单，"小上校大声哭着说，"我真受不了啦！贝克妈妈，我妈妈的心是不是也都碎了？是不是因为这个她才病得那么严重，是不是她很快就会死掉呢？"

"是谁跟你这么胡说八道的？"那个女人厉声问道。

"是旅馆里的那些女人说的。她们说，外公已经不爱妈妈了，这简直就跟杀了她一样。"小上校说。贝克妈妈的眉头紧蹙着。

这孩子这么伤心难过，她真不知道该如何安抚她。她果断地说："好吧，如果你是为这个难过，那你就下来，自己走回家去吧。你妈妈伤心是因为你爸爸一直回不了家。搬家的事也让她疲惫不堪，她从来都不习惯做这些事。不过她的心可没有受伤，我的脖子倒是快要断了。"

听了贝克妈妈这一番乐观的话，看到她坚决地把她放下来让她自己走，小上校的心里踏实了。她擦了擦眼睛站起来，觉得大大地松了一口气。

"千万不要因为你听到的那些话难过。"贝克妈妈接着说道，"我就直接告诉你吧，你千万不能相信你听到的东西。"

"为什么外公不爱我妈妈呢？"那孩子问道，这时她们已经能远远地看见那座小木屋了。她一路上都在纠结着这个难题。"爸爸们怎么能不爱他们的宝贝女儿呢？"小上校问道。

"因为他的脾气很倔，"这个回答让人不能接受，"劳埃德家所有的人都是倔脾气。你妈妈就倔，你也倔……"

"我可不倔！"小上校跺着脚大叫道，"你不能骂我！"

接着她看到一只熟悉的白皙的手臂正从吊床那边向她挥舞，于是她挣脱贝克妈妈冲了过去，她的脸蛋儿红彤彤的，一双眼睛亮晶晶的。

她依偎在妈妈的怀里，心里产生了一种奇怪的感觉：在那个短暂的下午，她长大了许多。

也许她的确长大了。在她幼小的生命里，她第一次把自己的烦恼藏在心里，一次也没有跟别人提起深深地埋在她心底的想法。

"你的姨奶奶萨莉·泰勒今天上午要来。"她们去旅馆后的第二天，贝克妈妈说道，"千万不要把身上搞得脏兮兮的。我还得把好几只童子鸡开膛收拾干净，可顾不上再给你打扮了。"

"我以前见过她吗？"小上校问道。

"当然见过，我们搬到这儿的当天你就见过。那天她来家里待了很长时间，她坐到白色小摇椅里的时候还把椅子轴压断了，你不记得了吗？"贝克妈妈说。

"哦，我想起来了！"孩子笑着说道，"她长得又高又胖，耳朵周围有像刨花一样的卷卷的头发。贝克妈妈，我不喜欢她。她老是没完没了地亲我，把我抱得紧紧的，还叫我坐到她的大腿上，跟我说要做一个小淑女。贝克妈妈，我讨厌当小淑女。"

对她的最后一句话，贝克妈妈没有发表意见。贝克妈妈正在做蛋糕，她进到食品储藏室，打算再多拿几个鸡蛋。

"弗里茨，"小上校说道，"你的姨奶奶萨莉·泰勒今天上午要来，如果你不想跟她说'您好'，那你就得跟我走。"

几分钟后，一个身影很快地从醋栗丛旁的菜园栅栏的缺口处钻了过去。

"弗里茨，现在得踮着脚尖走路！"小上校命令道，"要是被发现了就会被叫回去的。"

贝克妈妈正忙着烤另外的东西，以为这段时间小上校是跟她母亲待在爬满藤蔓、阴凉的门廊上的。

假如她往离大路 800 米的地方看看，她就不会那么欢欢喜喜地唱歌了。

小上校坐在铁道旁的杂草里，故意脱掉了鞋子和长筒袜。

她把光脚丫伸直了，高兴地说道："贝克妈妈说我应该守规矩。不过这样感觉真是好棒呀！"

要不是她听到传来一阵疾驰而来的马蹄声，真不知道她会在那儿坐多久，就这样把她那红润的脚趾搁到暖暖的尘土里蹭来蹭去，享受这不曾有过的乐趣。

"弗里茨，那是外公。"她惊慌地小声说道，此时她认出那个身穿一身洁白的紧身弹力棉织服、身材挺拔的骑手是谁了。

"嘘！躺到杂草里去，快点！我说了，躺下！"他们两个使劲躺平了，喘气时都尽量保持一动不动。

过了一会儿，小上校小心翼翼地抬起头。

"哦，他沿着那条小路走了！"她大叫道，"现在你可以起来了。"她想了一下，问："弗里茨，你是愿意为了吃点草莓，结果因为逃跑而被人用绳子捆住呢，还是宁愿不吃那些好看又好吃的草莓，省得被人用绳子捆住呢？"

第三章

外公的温室

过了 2 个小时，劳埃德上校骑马沿洋槐树下的林荫道走了过来，看到自家威严的前门台阶上这新奇的一幕，他吃了一惊。

3 个黑人小孩和 1 只大耳朵狗蹲在最下面的台阶上，抬头看着小上校，她就坐在他们上方。

她正用一把破旧的大勺子在一个锈迹斑斑的旧锅里使劲搅拌什么东西。

"梅·丽莉，"她吩咐这群人中块头最大、皮肤最黑的一个孩子，"你跑过去找几块光滑的石子，就放到里面当葡萄干吧。亨利·克雷，你再去多弄点沙子。现在锅里的泥看起来太湿了。"

"喂，你们这些小孩！"老上校吼道，他认出这些孩子都是厨师家的孩子，"我不是跟你们说了嘛，不要在我这里玩，弄得到处是土。你们快回你们自己家的茅屋去！"

这突如其来的叫声吓得劳埃德把锅都掉到了地上，那个巨大的泥饼也底朝上扣在了白色的台阶上。

"喂，你这形象可真够漂亮的呀！"老上校说道，这时他用厌恶的眼神从上到下打量着她那沾满土的裙子、脏兮兮的双手和光脚丫。

整整一上午他的情绪都不好。看到满是沙子和泥印的台阶，他有了发泄心中怒气的借口。

他的一大观念是，小姑娘就应该始终像一朵鲜花一样水灵、娇美。他从来没见过他自己的女儿小时候像这个小姑娘这样不成体统过，他一向都要求她：不穿鞋和长筒袜就不许离开自己的房间。

"你妈妈是怎么回事，"他凶巴巴地吼道，"怎么能让你光着脚，在村子里到处跑呢？你为什么要跟那些孩子玩呢？没人教你要学好些吗？我猜呀，这都怪你爸爸那些糟糕的想法。"

梅·丽莉躲在房子的角落处偷看，一双惊恐的眼睛来回扫视着那两张怒气冲冲的面孔。那个男人直挺挺地坐在马鞍上，一脸怒气，而那个孩子的眼睛里似乎也同样燃烧着怒火，她很不服气地站在他面前。他们两个都皱着眉头，眉毛好像都拧成一团了。

"您不要用那种口气跟我说话。"小上校叫道，因为不知道如何发泄怒气，都气得发抖了。

突然，她弯下腰，一下子伸出因为做泥饼而弄得脏兮兮的双手，抓了一把泥，使劲往老上校那一尘不染的白衣服扔去。

劳埃德上校惊呆了。这是平生第一次，居然有人敢公然跟他对抗。随即，他就转怒为喜了。

"哎呀，还真是的！"他赞赏地轻声笑了，"没错，这小家伙挺有志气。她是地地道道的劳埃德家的人。这就是他们叫她'小上校'的原因吧？"

当他注视着她那高傲的小脑袋和闪烁的双眼时，眼神里带着一丝骄傲。"好啦，好啦，孩子！"他安慰道，"你要是穿得干干净净、整整齐齐的来看我，那我就不会惹你生气了。像你这样的小淑女很少来看我呢。"

"先生，我可不是来看您的，"她气鼓鼓地说着，就迈步朝大门走去，"我是来看梅·丽莉的。不过我要是知道您会冲我大吼大叫，还乱发脾气，我绝对不会进到您家大门里的。"

她往门外走去，那神态仿佛一位被冒犯的女王，这时老上校想起来了，如果他让她就这样带着情绪走了，那大概她以后再也不会来他家了。看她挺有脾气的，这倒让他对她的兴趣大增。

既然他已经不在意自己的坏情绪了，他就迫切地想看看，她还有什么其他的性格特点。他骑着马穿过人行道去拦住她，然后赶紧从马上下来。

"哎呀，喂，等一下，"他用一种哄小孩的语气说道，"你想不想吃一大盘好吃的奶油草莓再走呢？沃克现在可正摘着草莓呢。你还没有见过我的温室，温室里面有许多漂亮的花。你喜欢玫瑰花，还有石竹花、百合花、蝴蝶花，是不是？"

他发现他一提到花，小上校那阴沉的表情就仿佛变魔术一般消失了，脸色也像四月天一样突然变了，这正合她的心意。

"哦，好呀！"她叫道，脸上绽放出灿烂的笑容，"我最喜欢花了！"

他把马拴住，然后带路去温室。他打开门让她进去，之后他端详着她，看她会有什么反应。他本来期待着她会发出一声惊喜的赞叹，因为那些稀有的植物可是他的骄傲，而且他都是以一个真正的艺术家的眼光布置的，突出色彩和效果。

此刻，她一句话也没有说，只是深深地吸了一口气，脸颊上淡淡的粉色变得浓了，两只眼睛闪闪发亮。然后她就开始慢慢地在一株株鲜花之间来回走动，把脸贴到凉丝丝、天鹅绒般的紫色蝴蝶花上，用嘴唇亲一下玫瑰花，把白色百合花的杯形花托拉过来，查看里面金黄色的部分有多深。

正当她像一只蝴蝶一样轻盈地在花朵间穿梭时，她欢快地唱起歌来。

自从她学会说话以后，就有一套自说自唱的奇招。她把所有她随意想象出的名称都连在一起，形成她自己的哼唱旋律。

歌声中并没有特殊的曲调，听上去很欢快，尽管几乎都是用低音调唱的。

哦，长寿花和百合花哟！全都是白色的、金黄色的、黄色的。哦，花儿们全都冲我微笑，说着"你好！你好！"

她唱道。

她忘乎所以地沉醉在这巨大的乐趣里，竟然完全忘了老上校就在身旁，也根本没有意识到，他正在一旁看着或听着。

"她真是喜欢这些花，"他想，心里觉得很满足，"看她的表情，会让人以为她发大财了。"

这是他们之间的另一条纽带。

过了一会儿，他从墙上取下一个小篮子，动手把那些漂亮的花摘下来，放到篮子里。"你要把这些花带回家去，"他说道，"现在就进屋去吃草莓吧。"

她不情愿地跟在他后面，有好几次又回过头再闻闻那诱人的花香味。

尽管她一点都不喜欢老上校所说的小姑娘应当穿着整洁的论调，但是她还是坐到了其中一把又高又硬的椅子上，享受她的草莓。她那沾满灰尘的小脚趾在弗里茨的卷毛脊背上蹭来蹭去，因为她把它当成了脚凳。她的裙子又湿又脏，她不停地斜着身子用她自己正吃东西的勺子给狗喂草莓和奶油。

不过，当她张口跟他说起话来时，他完全没有在意她的这些行为举止。

"我的姨奶奶今天上午要来我们家，"她亲密地跟他说道，"所以我们才跑了出来。您认识我的姨奶奶萨莉·泰勒吗？"

"嗯，有点认识！"老上校轻声笑着说道，"她是我太太同父异母的姐姐。你不喜欢她，是吗？嗯，我也不喜欢她。"

他把头往后一仰，开怀大笑起来。那孩子说得越多，他就越发觉得她好玩。在他的印象中，还没有人像这个小家伙这样让他这么开心过。

当最后一颗草莓消失后，她从高椅子上溜下来。

"您是不是觉得很晚了？"她问，语气很焦急，"贝克妈妈马上就要来叫我了。"

"是的，快到中午了。"他回答道，"像这样躲着你的泰勒姨奶奶，可不能解决问题呀，她还是会看到你的。"

"啊，这样她就不能紧紧抱我、亲我了，因为我向来都特别淘气，她们会像前几天那样，我一回家就打发我上床睡觉。要是我现在已经到家了该多好啊。"她叹着气说，"要走那么远，太阳晒得外面好热。我往这里来的时候还把太阳帽弄丢了。"

看着那张又累又脏的面孔，老上校的心被触动了，不由自主地说道："好吧，我的马还没被牵走呢。那我就带你骑我的'马基男孩'[3]回家吧。

---

[3] 老上校的马的名字。

紧接着他就为自己的这个提议后悔了，心想，如果邻居们在大马路上看到他的胳膊里搂着伊丽莎白的孩子，他们会怎么说呢。

　　但是为时已晚。那只塞到他手里的小手对他充满了信任，他不能放开。他也不能收回自己的承诺，让那张充满渴望的笑脸失望。

　　他跳上马，让她坐在自己前面，然后用一只胳膊紧紧搂住她，再伸手去够缰绳。

　　"您不会把弗里茨扔下不管的，是吧？"她焦急地问，"它也累极了。"

　　"不会。"老上校大笑着说道，"那样的话，'马基男孩'可能也会不高兴，它会把咱们都摔下去。"

　　当他们策马在林荫道上一路小跑时，她把花篮紧揽在怀里，又惬意地把头靠在他身上。

　　"快看！"所有的洋槐树都兴奋地相互招手，唧唧私语着，"快看！主人又抱着他自己的孩子了。从前那种好日子又回来了。"

　　"这些树还发响声呢！"那个孩子抬头看着头顶上方绿

色的拱顶说，"看！它们都互相点头呢。我得把我的鞋和长筒袜穿上了，"她说道，这时候他们快要到家了，"它们就藏在那个栅栏角落里的一根木头后面呢。"

听到这话，老上校就下了马，把鞋和袜子递给她。等他又骑上马后，他看见一辆四轮马车驶了过来。他认出这是一位住得离他很近的邻居的马车。他踢了一下马刺让"马基男孩"快走，把它吓了一跳。就这样，他带着她穿过铁轨，沿着陡峭的路堤，然后进入一条荒僻的小道。

"这条路通到你们家菜园的后面。"他说，"如果我把你带到那儿，你能从栅栏那里钻过去吗？"

"我们就是从那儿钻出来的。"她回答道，"您看到木栅栏那儿的豁口了吗？"

他正要把她从马上放下来，她用一只胳膊搂住他的脖子，温柔地在他的脸颊上亲了一下。"再见，外公，"她说道，那神态可爱极了，"我玩得特别开心。"然后她压低了声音补充道："对不起，我把泥扔到了您的衣服上。"

他紧紧地抱了一下她，心想，她叫他外公，世上再没有比这更甜美的声音了。

从那一刻起，他的心对她就像当年对小汤姆和伊丽莎白一样，充满了爱怜。虽然她的母亲已经失去了他的这份爱，那也丝毫不影响他对她的爱。虽然杰克·谢尔曼是她的爸爸，而这两个男人又像仇人一样，这也丝毫不影响他对她的爱。

他怀里抱着的是他自己的小外孙女。

她用充满信任的亲吻确保了这种关系。

"孩子，"他用沙哑的声音说道，"你还会来看我的，对吧？即使他们说了不许去，你也会来看我的吧？那些花和草莓你想要多少就拿多少，'马基男孩'随便你骑，想骑多少次都可以。"

她抬头注视着他的脸。她非常熟悉这张脸，她经常看他的画像，不自觉地就认可了这个她渴望见到的血脉之亲。

她对外公这个概念的认识都来自故事和观察，这让她把外公们跟会魔法的仙女归为一类。她一直渴望有一个外公。

他们搬到劳埃兹巴勒的那天，人们指着洋槐庄园告诉她，那是她外公的家。从那以后她跟弗里茨常常抓住各种机会溜出来，往那扇大门里偷看，希望能看一眼他。

"是的，我肯定会来的！"她答应道，"外公，我可喜欢您了！"他看着她爬过栅栏的豁口，然后慢慢地把马头转向回家的方向。

当他快到大门口时，草地上的一个白色的东西引起了他的注意。

"是她掉的太阳帽。"他笑着说道。他把帽子拿进屋，挂在宽敞的前厅的帽架上。

"老主人特别生气，"吃晚餐时，沃克气鼓鼓地冲厨师说道，"没有人跟他一起生活。你觉得这是怎么回事呢？"

第四章

劳埃德家的人脾气都倔

当小上校站在厨房门口往里看时，贝克妈妈正忙着往餐桌上摆放午饭。

所以她没有看见一个小流浪汉一样的身影，一手提着鞋，一手提着一个篮子，在门口逗留了片刻。可是，当她拿起盛放饼干的盘子时，发现少了几块饼干，这让她觉得很纳闷。

"真搞不明白，"她大声说道，"鹦鹉根本够不到饼干，劳埃德和狗一上午都待在客厅里。看来是有什么东西把饼干偷走了。"

弗里茨正用力舔着嘴唇，小上校的嘴里塞得满满的，这时他们突然出现在了前门廊上。

姨奶奶萨莉·泰勒吓得轻轻叫了一声，不再晃动摇椅了。

"劳埃德·谢尔曼，你真是的！"她母亲无可奈何地叹了口气，"你跑到哪儿去了？我以为你一直跟贝基在一起。我明明刚刚还听到你在那边唱歌呢。"

"我去看我外公了。"孩子说道，她说话时的语速非常快，"我在他家的前门台阶上做泥饼，我们两个都生气了，我把泥扔到了他身上，他让我吃了一些草莓，给了我这么多花，还骑着'马基男孩'送我回家。"

她说得上气不接下气的，就停住不说了。泰勒太太和她的外甥女吃惊地交换了一下眼神。

"可是，宝贝，你怎么能穿得像一个脏兮兮的小乞丐一样跑到那儿去，让你妈妈丢脸呢？"泰勒太太说。

"他才不在乎呢，"劳埃德平静地说道，"他让我答应他还会去，即使你们大家都说不许去，那我也要去。"

就在这时，贝基宣布，午餐做好了，然后把孩子带走，好给她洗漱。

让劳埃德觉得特别意外的是，贝克妈妈并没有打发她上床睡觉，而是给她穿好衣服，让她在餐桌旁就座。很快她就详细地讲了那个上午的经历。

她睡午觉的时候，那两位女士就坐在门廊上，一一讨论了她所讲的事。

"我觉得允许她去那儿似乎不太好，"谢尔曼太太说道，"爸爸以前那样对待我们。他说了杰克那么多坏话，我永远都无法原谅他。我知道，因为他那样指责我，杰克也永远都不可能跟他友好相处的。他一直都那么冷酷、偏激，我不想让我的小劳埃德跟他有任何瓜葛。无论如何，我不想让他以为是我鼓励她去那儿的。"

"嗯，没错，我明白你的意思。"她的姨妈慢吞吞地说，"不过，伊丽莎白，除了自尊心，你也得考虑其他方面，还得考虑孩子自己的想法。眼下杰克的生意亏损得很严重，你们以后的生活会怎么样还很难说，你应该考虑一下她的利益。洋槐庄园已经在你们家族传了好几代了，如果落到陌生人手里，那就太可惜了。要是不想点办法干预一下，肯定就是这样的结局了。老法官武达德亲口告诉我，你爸爸立了遗嘱，要把他拥有的所有财产都留给一家医疗机构。想想吧，洋槐庄园就要被改造成一家疗养院或者一所护士培训学校了！"

"那可是我挚爱的故土啊！"谢尔曼太太说道，眼里含着泪水，"我在那些老洋槐树下度过了童年时光，谁的童年都没有我的童年过得那么快乐。每一棵树都像朋友一样。如果劳埃德能像我当年一样在那里快乐地生活，那我就真替她高兴呢。"

"伊丽莎白，我倒希望，只要她喜欢，就随她去玩吧。她长得太像老上校了，他们应该能相互理解，也能相处得非常好。谁知道呢，也许有一天你们会言归于好。"泰勒太太说。

听到这话，谢尔曼太太高傲地抬起头，说道："萨莉姨妈，这样可不行，绝对不行。我可以原谅他，可以把很多东西都忘掉，不过，如果你以为我能走到这一步，那就大错特错了。他又是诅咒又是发誓地把我赶出了家门，唯一的原因就是，我爱的那个男人出生在梅森和迪克森线以北。杰克可是数一数二的优秀男人，假如爸爸不故意排斥杰克，对他视而不见，那他本来应该能看到杰克的优点的。他就是有太深的偏见，脾气又倔。"

萨莉姨妈一句话也没有说，不过她的想法跟贝克妈妈的断言一致——劳埃德家的人脾气都倔。

"即使他现在跪下来求我，我都不会踏进他家的大门的。"伊丽莎白生气地接着说道。

"这太糟糕了。"她的姨妈大声说道，"他以前一直都是一心爱着'宝贝女儿'的，他过去就是这么叫你的。我也不喜欢他，我们的关系一直都不好，因为他一向脾气很急，又蛮横不讲理。不过我知道，如果你可怜的母亲当年能预见现在这种情况，那她肯定会非常难过的。"

伊丽莎白坐着，眼泪落在她那一双漂亮白皙的手上，而她的姨妈还在努力想尽各种办法来激发她的同情心。

这时，劳埃德走了出来，因为美美地睡了一觉，她看上去很精神，脸红扑扑的，她去那些守护小木屋的山毛榉树荫下玩了。

"我从来没有见过对动物有这么大的影响力的孩子。"她妈妈说道。这时劳埃德从房子后面走了过来，手里拿着一把扫帚，扫帚上面站着一只鹦鹉。妈妈继续说："她能直接走到一只陌生的狗跟前，跟它交朋友，不管它的样子有多凶残，她都不在乎。你看这只鹦鹉——波莉，它又老，脾气又暴躁，无论我们谁走近它，它都会尖叫、破口大骂。可是劳埃德居然可以给它穿洋娃娃的衣服，给它戴用纸做的太阳帽，她想怎么摆弄它就怎么摆弄它。瞧瞧！那成了她的一大乐趣。"

小上校把鹦鹉塞进一辆很小的洋娃娃手推车里，然后推着车拼命地跑来跑去。

"哈！哈！"那只鹦鹉尖叫道，"波莉是母的！哦，天哪！我好高兴呀！"

"这只鹦鹉是她从洗衣女工那里弄来的。"谢尔曼太太笑着说道，"我真觉得，她这么快地转着圈跑，那可怜的家伙一定会被转晕的。"

"孩子，快停下，不要捣乱了！"波莉尖叫道，这时劳埃德把它抓过来，把一块披巾往它的脖子上围。它生气地咯咯叫着，不过，倒是从来没有试图使劲挠一下孩子那紧抓着它的胖嘟嘟的手指头。突然，它好像彻底失去了耐心，傲慢地冒出一句："哎呀，哼！"然后它就飞到了一棵老杉树上。

"你有没有发现在这方面她跟老上校很像呢？"泰勒太太吃惊地说道，"我很想知道，今天上午她在老上校家的表现是不是就是这样。"

"那是肯定的了，"谢尔曼太太回答道，"事后一转眼她就会恢复常态的。这种时候从来都不会持续很长时间。"

谢尔曼太太说得没错。不一会儿，劳埃德就出现在人行道上，还唱着歌。

"我想让你给我讲一个粉色的故事。"她倚着妈妈的膝盖，柔柔地说道。

"宝贝，现在不行，我正跟萨莉姨奶奶说话呢，你没看到吗？去让贝克妈妈给你讲一个吧。"妈妈说。

"她说的粉色的故事到底指的是什么呢？"泰勒太太问道。

"哎呀，她特别喜欢各种颜色。她总是让我们给她讲粉色的、蓝色的，或者白色的故事。她想让故事里所有的东西——裙子、遮阳伞、花儿、天空，甚至蛋糕上面的糖霜和墙上的纸，都必须是她选择的颜色。"伊丽莎白说。

"这小家伙还真是奇怪呢！"泰勒太太大声说道，"有她做伴，你感觉好多了吧？"

假如那天傍晚，泰勒太太能看到她们一起坐在苍茫的夜色中的情景，那她就不必问这个问题了。

劳埃德坐在她母亲的腿上，头靠在她的肩膀上，她们就这样在昏暗的门廊上慢慢地前后摇晃着。

偶尔从大马路上传来车轮声、睡眼蒙眬的鸟儿的啼叫声、长长的蛙鸣声。

贝克妈妈的声音从厨房里飘了过来，她正在那儿利落地来回忙活着。

哦，云彩低低地垂着，要下雨了。

别了，我那悲伤憔悴的朋友们。

她唱着。

劳埃德把妈妈的脖子搂得更紧了。

"咱们聊聊杰克爸爸吧。"她说道，"你觉得他现在在遥远的西部干什么呢？"

伊丽莎白觉得自己就像一个很累的、想家的孩子，于是紧搂着劳埃德，当她听到这个甜美的声音聊起了离家在外的爸爸时，心里感到一阵安慰。

不久，月亮升起来了，月光透过门廊上的藤蔓照射进来。当伊丽莎白哼起了古老的摇篮曲时，那双淡褐色的眼睛慢慢地合上了。

"如果明天她又跑掉怎么办呢？"贝克妈妈小声说道，这时她出来把劳埃德抱回屋里。

"瞧瞧这天真、漂亮的脸蛋儿，谁能想到她会这么淘气呢？愿上帝保佑这小人儿吧！"贝克妈妈说。

她随即把她那张善良的面孔爱抚地贴到小上校那温柔可爱的脸颊上，然后她用那壮实的手臂抱起她，轻轻地把她放到床上。

第五章

杰克爸爸回来了

肯塔基州山区的夏天迟迟不去。小上校觉得，在这里度过的每一天都是一天比一天美好，在这之前她可是完全不了解乡村生活的。

玫瑰花爬了上来，几乎把小小的白色小木屋都遮住了。红色的鸟儿在爬山虎上鸣叫着。松鼠在山毛榉树上吱吱叫。她就这样一整天都待在户外。

有时候，她花几个小时的时间看蚂蚁把她撒给它们的白砂糖一粒一粒地搬走；有时候，她给一只住在门廊台阶下面的老蜘蛛逮苍蝇。"它是个妖怪。"小上校给弗里茨解释说，"它用魔法把我迷住了，我真想把所有的苍蝇都抓给它吃。"

她总是很忙，总是很快乐。

6月份还没过一半，沃克就得时常骑着老上校的马到那扇大门跟前去。他总是以要给贝克妈妈传个口信为借口。但是在他骑马离开之前，小上校一般都会被抱上马坐在他前面。没过多长时间，她就觉得，在洋槐庄园跟在小木屋的家里一样轻松自在。

不久以后，邻居们开始对这事儿议论纷纷了。"照这样下去，他肯定会和伊丽莎白和好的。"他们说道。不过，到夏天结束时，这父女俩还是连看都不看对方一眼。9月下旬的某一天，小上校噔噔噔地在门厅里跑来跑去，她的一只小脚丫上扣着她外公的马刺。她转过头叫道："杰克爸爸明天要回来了。"

老上校并没有在意她说的话。

"我说了，"她又说道，"杰克爸爸明天要回来了。"

"嗯。"他生硬地回应道，"为什么他就不能待在他原来待的地方呢？我猜啊，他回来了你就再也不想来我家了。"

"没事，我觉得我会来的。"她漫不经心地回答道，这让他心里涌起一股很强的嫉妒感。

"只要爸爸们都像我的杰克爸爸那么好，小孩子们就都喜欢跟自己的爸爸在一起呢。"小上校说。

老上校在报纸后面怒气冲冲地说了些什么，她没有听到。这个男人离间了他和他唯一的孩子的关系，他一直都很讨厌他。如果他意识到，这个人在劳埃德那小小的心里占据了多么重要的位置，他会更加痛恨他的。

第二天小上校没有去洋槐庄园，那之后的几个星期也没有去。

第二天早晨，她几乎是跟贝克妈妈一起早早地起床的，看着贝克妈妈忙忙碌碌地做准备工作的情形，她高兴极了。

所有的工作她都参与了，包括擦银器、摇动冰激凌机把柄这些活儿。她甚至还给弗里茨刷洗了毛发，等它洗完澡出来时，它身上的卷毛全都又白又亮。它看上去很自傲，那丝一般的刘海和那流苏状的尾巴尖，都让它沾沾自喜。

就在火车到站前，小上校在它的项圈上插满了晚开的粉色玫瑰花，然后后退一步欣赏效果。她的妈妈走到门跟前，她已经打扮好，准备迎接傍晚了。她穿的是一件优雅的连衣裙，颜色是淡淡的、柔和的蓝色。她的黑发里别着一个白色的玫瑰花蕾。她的脸颊和劳埃德的一样俊俏美丽、白里透红，一双褐色的眼睛闪闪发亮，看上去楚楚动人。

劳埃德跳起来伸出胳膊抱住她。"哎呀，妈妈，"她大声叫道，"你和弗里茨都好漂亮呀！"

汽笛响了，火车在道岔口上路了。"快点，我们要赶不上火车了。"谢尔曼太太伸出一只手说道。

她们穿过大门，沿着土路旁的窄道走。当她们赶到小站时，火车刚刚停靠。

许多从城里来旅馆过周日的男士从台阶上走下来。他们把饱含赞赏的目光从那位母亲少女般秀美的面孔，移向她身边那个上蹿下跳、兴高采烈的孩子。看到弗里茨戴着插满玫瑰花的项圈欢快地到处跑，那些男士情不自禁地笑了。

"咦，杰克爸爸在哪儿呢？"看到乘客们一个挨一个走下台阶，劳埃德难过地问，"他不回来了吗？"

当她看到他出现在车厢门口时，眼泪渐渐涌上她的眼睛。他没有像往常那样，生龙活虎、精神抖擞地急急忙忙上来迎接她们，而是虚弱地靠在列车员的肩上，看上去面色非常苍白。

劳埃德抬头看她的妈妈，妈妈的脸渐渐地失去了血色。当谢尔曼太太冲上前去接他的时候，她被吓得低低地叫了一声。"哎呀，杰克！怎么回事？你出什么事了？"她大声叫道，此时他用胳膊搂住了她。火车开走了，站台上只剩了他们几个。

"我只是受了点病魔的骚扰。"他微笑着说道，"我们的矿上发生了火灾，这搞得我疲劳过度了。从那以后我就一直发烧，就这样被压垮了。"

"我应该找人去叫一辆马车来。"谢尔曼太太焦急地看看四周，说道。

"不用了，真的，"他赶紧说道，"就几步路。我可以像一个健康人一样走回去。看到你和孩子我已经觉得好多了。"

他打发一个男孩带着他的箱子先走了，他们慢慢地走上小路，弗里茨在他们身边跑来跑去，还兴奋地叫着来欢迎杰克爸爸回来。

"一切看上去都那么美好，真像家一样！"他走进门厅时说道，这时候，贝克妈妈在门厅里正要开灯。说完他就重重地坐到沙发上，看上去十分疲惫，然后虚弱地合上眼睛。

小上校担心地看了看他那苍白的脸。此刻，爸爸回家这件事所带来的全部喜悦似乎都被夺走了。

她妈妈在一边忙活着，设法让爸爸坐得舒服些，所以没有注意到她那闷闷不乐的小身影独自在房子周围徘徊。贝克妈妈已经去叫医生了。

晚餐在保温炉里快烤干了，冰激凌机里的冰激凌也在融化，似乎没有人在乎这些。没有人注意到那张漂亮的桌子，桌子上面放着一排鲜花，还有带有雕刻图案的玻璃杯和银器。

贝克妈妈回来时，劳埃德已经自己吃了饭，在厨房门口的台阶上坐着，这时医生来了。

她很难过，觉得嗓子里有个肿块在隐隐作痛，她正要起身去上床睡觉，这时她妈妈打开了门。

"来跟爸爸说'晚安'，"她说道，"他现在觉得好多了。"

劳埃德爬上床躺到爸爸旁边，把脸埋在他的肩膀上以掩饰她整个傍晚都努力克制的眼泪。

"这孩子长这么大了！"他大声说道，"伊丽莎白，她口齿清楚多了，你注意到了吗？她跟我去年春天走的时候看到的样子一点都不像了，那时候她还是一个小不点儿呢。嗯，她马上就要6岁了——成了一个真正的小淑女了，就要成爸爸的小帮手了。"

这之后，她的喉咙不疼了。在脱衣服准备睡觉的过程中，她一直和弗里茨嘻嘻哈哈地闹着玩。

第二天早晨，杰克爸爸的身体状况恶化了。9月下旬的阳光如金子般灿烂夺目，户外的一切似乎都生机勃勃的，对劳埃德来说，在这种时候要保持安静实在太难了。

她蹑手蹑脚地从爸爸躺着的那个昏暗的房间里走出来，摇摇晃晃地走到院子的前门口，这时，她看到医生骑着他的枣红马走了过来。她隐约觉得，这一天永远都会留在她的记忆里。

那个下午，贝克妈妈穿上了她最漂亮的衣服准备去教堂，走路时衣服窸窣作响，这时她心里可怜起了这个孤单的孩子。

"宝贝，去戴上你最漂亮的帽子，"她说道，"我要带你去教堂。"

获准去教堂，这也是小上校的一大乐趣。

她喜欢听人们唱歌，那甜美的歌声混合在一起，仿佛功能强大的管风琴奏出的和弦一般，这时候她总是一动不动地坐着。

一个老太太穿过过道，拍着手反复唱着："哦，上帝！我是多么快乐！"

"咦，我们家的鹦鹉就是这么唱的。"劳埃德大声说道，说罢自己也觉得非常吃惊，她怎么能这样大声说话呢。

贝克妈妈把她的手绢捂到自己的嘴上，周围的人都笑了。

在这之后,这孩子一直很安静。整个活动中她最喜欢的是捐献钱的部分。这次不是把篮子一个个传递过去,而是每个人都受邀到前面,把自己要奉献的钱放到桌子上。

小上校自豪地跟着贝克妈妈行进在捐献队列里,然后看着其他人从过道走过去。有一位穿着一件剪裁得非常漂亮的裙装的年轻姑娘到桌子跟前去了好几次,一路放声高歌。

"瞧瞧那个没用的丽泽·理查兹吧。"紧挨着贝克妈妈的那个邻座鄙视地说道,"她是把五分钱换成了五个一分钱,这样她就可以走到前面露五次脸了。"

快到日落时分她们才动身回家。出门时一位高个子男人和她们同路,他头上戴着一顶丝质高筒帽,手里拿着一根金头手杖。

"博塔姐妹,您好。"他说道,还一本正经地跟她们握了握手,"今晚的布道真好,能听到这样的布道真是太好了。"

"没错,福斯特兄弟,"贝克妈妈回答道,"您近来还好吗？"

小上校去追一对白色的蝴蝶了，没有留意他们都说了些什么，后来她听到他们提到了她的名字。

"我听说，昨天晚上谢尔曼先生回到家里了。"高个男人说道。

"是回来了，不过我恐怕待不了多长时间。依我看，他病得非常严重。他发着高烧，得的应该是伤寒。我觉得他的时日不多了。如果真的这样了，我真不知道，可怜的伊丽莎白小姐该怎么办。"贝克妈妈说。

"博塔姐妹，到时候总会有办法的，我们不必过分担心。"他劝慰道。

"这我知道，不过，昨天早晨一个望远镜被打碎了，可是根本没有人碰它。我打扫客厅的时候他的画像又从墙上掉了下来。彼得说，昨天晚上他家的狗叫了一晚上，我有三次都梦见我的一只手浸到了泥水里。"贝克妈妈说。

贝克妈妈感觉到有一只小手抓住了她的裙子，转过头，她看到一张惊恐的小脸正抬头望着她。

"宝贝，你这是怎么啦？"她问道，"我只是和福斯特先生聊一聊过去我妈妈相信的那些可笑的迷信东西。不过，那些东西也不是什么意思都没有。"

劳埃德说不上自己为什么不高兴。贝克妈妈说的话她没有全听懂，不过她那敏感的小脑袋里还是产生了一种不祥的预感。

日子一天天过去，这种预感越来越强烈。杰克爸爸的身体没有变好，而是更糟了。有时候他都不认得人了，还不停地唠叨以前在矿上时的事情。

漫长、美丽的 10 月份过去了，杰克爸爸仍然躺在那个昏暗的房间里。劳埃德无精打采地到处游荡，尽量不添乱，尽可能地少惹麻烦。

"现在我真的是一个小淑女了，"每当她获准把冰块捣烂或者提清水时，她就自豪地重复一遍这句话，"我是爸爸的小帮手。"

在一个寒冷的、有霜冻的夜晚，她正站在门厅里，这时医生从房间里走出来，动手穿起了外套。

她的母亲跟在医生身后，听他讲夜晚需要注意的一些事项。

医生是他们家的老朋友。伊丽莎白小时候经常爬到他的膝盖上玩耍。她喜欢这位诚心诚意待人的白发老医生，对他就像对她的爸爸一样亲近。

"我的孩子，"他慈爱地说道，把一只手搭在她的肩膀上，"你把自己累垮了，如果你再不注意的话，你自己也会病倒的。你应该雇一位专业的护士，谁也不知道这样的情况还会持续多久。一旦杰克能出门旅行了，你们就应该换个地方，到气候好一些的地方去。"

伊丽莎白的嘴唇颤抖着。"医生，我们负担不起啊。"她说道，"杰克从一开始就非常反感跟我聊生意上的事。他总是说，女人千万不要为这种事情担心。我不知道他在遥远的西部有什么安排。我的手袋里只剩一点钱了，我们可能要不了多久就得进救济院了。"

医生戴上手套。

"你为什么不跟你父亲说一说这些情况呢？"他问道。

随即他意识到，这话说得太鲁莽了。

"我相信，杰克宁可死掉也不会接受他的施舍。"她说着高傲地挺起身子，双眼亮闪闪的，"至于我自己，也希望如此。”

紧接着，她那苍白、疲倦的面孔上浮现出一丝温柔的表情，她轻声补充道："但是我会竭尽全力帮助杰克好起来的。"

医生使劲地清了清嗓子，生硬地说了句"晚安"，就匆忙离开了。当他骑马路过洋槐庄园时，看到楼上的一扇窗户亮着灯光，于是信心十足地挥了挥拳头。

第六章

钱快花光了

小上校跟着她的母亲往餐厅走去，但是她走到门口就站住了，因为这时她看到，妈妈扑到贝克妈妈的怀里大哭起来。

"哦，贝基啊！"她抽泣着说道，"我们该怎么办呢？医生说我们应该雇一位专业护士，我们应该尽快离开这儿。我的包里只剩了几块钱，我不知道等这些钱也花光了，我们该怎么办。我只知道，杰克快要死了，然后我也会死掉，这样的话，孩子该怎么办呢？"贝克妈妈坐下，把那哭得发抖的身体搂在怀里。

"好啦，好啦，"贝克妈妈安慰道，"你就哭出来吧，哭出来就好了。可怜的孩子啊！担心、害怕是一点用都没有的。没事的，老贝基一个人能顶得上 12 个护士。我要去叫朱迪来，让她打理厨房的事。宝贝，谁都不会死掉的。不要难过，总会有办法的。"

劳埃德害怕地悄悄走开了。她觉得，看到妈妈哭真是一件糟糕透顶的事。

在她眼里，那光明、快乐的世界一下子变成了这样一个陌生、无常的地方。她觉得，好像所有的糟糕事情都要发生了。

她走到客厅，爬到钢琴下面的一个黑暗的角落，觉得没有地方可以寻求安慰，因为那个总是亲吻她、替她驱散烦恼的人自己也正在伤心难过呢。

耳边传来柔软的双脚踩在地毯上的嗒嗒声，弗里茨同情地把鼻子戳到她的脸上。她用胳膊搂住它，把头靠在它那卷毛脊背上，难过地啜泣起来。

那些想象力丰富的孩子因为对事物的错误认识往往会

承受巨大的痛苦，想到这些真是令人痛心。她看见过她母亲的手袋里放着的那卷珍贵的钞票。她看到了，因为要频繁地买昂贵的红酒和药品，每次为了支付这些费用就得抽取一部分钞票，那卷儿就变得越来越小。她听到她母亲告诉医生，那是他们仅有的钱了，如果花光了，他们就得去救济院了。

小上校所知道的词汇里，没有什么词比"救济院"这个词更让她觉得可怕的了。

在她的纽约生活中，最让她记忆深刻的事情就发生在他们即将离开纽约前的某一天。那天，在公园里玩时，她从女仆身边跑开了，那个下午是一个女仆代替贝克妈妈照顾她的。

当那个气冲冲的女仆找到她时，她告诉她，对乱跑的淘气孩子人们会怎么处置，这差一点把她吓得抽筋了。

"大家就把他们身上的漂亮衣服都脱掉，"女仆说道，"给他们穿上用床单做的旧衣服，然后把他们送到救济院去，那里住的都是乞丐。他们吃的都是卷心菜和玉米饼，只能用锡锅吃这些东西，睡觉时也只能睡在一堆麦秆上。"

在回家的路上，她指着一个可怜的女人让这个已经受惊吓的孩子看，那个女人正在一个灰桶里翻找东西。

"人们都觉得住在救济院的都是这样的人。"女仆说道。

此刻，正是这段记忆困扰着小上校。

"哦，弗里茨呀！"她小声说道，眼泪顺着脸颊流着，"一想到那么漂亮的妈妈要去那儿，我好难受。那个女人的眼睛全红了，头发乱极了，瘦得就剩骨头了，一看就没吃饱。要让可怜的杰克爸爸睡麦秆，用锡锅吃饭，那就跟杀了他一样。我知道他肯定受不了这些！"

当贝克妈妈打开门找她时，房间里特别暗，要不是她的狗从钢琴下面跑了出来，贝克妈妈就走出去了。

"孩子，你也待在这儿吗？"她吃惊地问道，"我得去找朱迪，看她明天能不能来帮忙。你觉得今天晚上你可以自己脱衣服睡觉吗？"

"当然可以。"小上校回答道。贝克妈妈着急出门，居然没有注意到她回答的声音是颤抖的。

"嗯，你房间里的蜡烛已经点上了。那你现在就像个优雅的小淑女一样跑过去吧，不要打搅你妈妈。她已经够忙的了。"贝克妈妈说。

"好吧。"孩子回答道。

一刻钟后，她穿上了白色小睡衣，一只手抓着门把手。

她把门打开一条缝，偷偷地往里看，她的母亲把一根手指头放在嘴唇上，悄悄示意她走过去。转眼间劳埃德就坐到了妈妈的大腿上。之前她独自在钢琴下面那个漆黑的角落里静静地哭了一阵，不过，她的眼里还有比眼泪更让人心疼的东西，只有善解人意并且富有同情心的人才会有这样的眼神。

"哦，妈妈，"她小声说道，"我们真是遇到了好多麻烦。"

"是呀，乖宝贝，但愿这些麻烦很快都能过去，"妈妈回答道，为了安慰孩子，她那焦虑的面孔上使劲挤出一丝微笑，"爸爸现在睡得非常好，到明天早晨他肯定会好起来的。"

这番话让小上校的心里感觉轻松了一些，不过，她还是因为救济院的事担心了好多天。

每次她母亲付钱时，她都焦急地看看还剩多少钱了。她四处溜达，双手爱抚地触摸那些树和藤蔓，心里觉得，也许不久后她就得离开它们了。

她那么喜欢它们——喜欢每一根棍子和每一块石头，连从来不开花、又矮又粗的荚蒾灌木丛也喜欢。

她的裙子已经小了，也褪色了，但是没有一个人有时间或者想起来给她买新裙子。两只鞋的脚趾部位也已经磨出了小洞。

她还戴着太阳帽，虽然天气越来越冷，都结霜了。

她是一个自尊心很强的小家伙。让别人看到她穿得破破烂烂的，这让她觉得很难为情。尽管如此，她连一句抱怨的话都没有说，因为担心买衣服会让手袋里的钱变少。据她妈妈说，花光了那笔钱，他们就得进救济院了。

每当有人叫她，她都坐下，把双脚遮住。

"就算成了小乞丐，我自己也觉得无所谓，"她想，"不过，我可受不了我亲爱的漂亮妈妈变成那个脏兮兮、眼睛通红的女人的样子。"

有一天，医生把谢尔曼太太叫到门厅。"我刚从你父亲那儿来。"他说道，"他得了严重的风湿病，只能待在自己的房间里，特别希望有个人能陪陪他。他跟我说，只要他的小外孙女能陪陪他，就是放弃世上的一切他都愿意。他说这些话的时候眼睛里含着泪水，这是他莫大的心愿。他实在太喜欢她了。仆人们告诉他，她不开心，人也瘦了，脸色很苍白。他就担心她也会被传染上伤寒。他告诉我要想办法让她住到他家去。但是我觉得最好还是坦率地告诉你实情。伊丽莎白，改变一下对孩子是好事，我真的觉得，你应当让她去，哪怕住一个星期也好啊。"

"但是，医生，她可从来连一个晚上都没有离开过我。她会特别想家的，我知道她永远都不愿意离开我。这样也会让她胡思乱想，以为杰克的身体状况更糟了……"

"我敢肯定不会有问题的，"他直率地插进来说，"你让贝基把劳埃德的东西收拾好。就让劳埃德跟我待一会儿吧，我会毫不费力地让她同意去。"

"小上校，过来吧，"离开时他叫道，"我要带你去骑一会儿马。"

没人知道，那个善良的老朋友跟她说了些什么，就让她乐意去外公家住了。

她骑马回来时，看起来很高兴，她已经很久没有这样了。她隐隐觉得，不管怎么说，她去外公家住能让他们不用住到可怕的救济院去。

"不要让贝克妈妈跟我去。"出发时，她请求道，"妈妈，你跟我去吧。"

谢尔曼太太已经好几周没有出过大门了，但是那只手紧紧抓着她的手，她无法拒绝。

这天的天色阴沉、凄凉，潮湿的空气暗示着会有一场冷飕飕的降雪。树叶打着转儿飘过她们身边，发出令人悲伤的沙沙声。

谢尔曼太太竖起劳埃德的外套的领子。

"过不了多久你就能有一件新外套了，"她叹着气说道，"也许可以把我的一件外套翻新了给你穿，还有那些破旧的小鞋子也该换了！我应该想着叫人去城里买一双新的。"

很快就要走到外公家了。当她们远远看到那扇大门时，小上校的心跳加快了。她使劲眨眨眼，克制住眼泪，因为她答应了医生，不能让妈妈看到她哭。

一个星期的时间似乎长得让人看不到尽头。

她紧紧抱住妈妈的脖子，觉得自己实在没有办法离开妈妈那么长时间。

"亲爱的宝贝，跟我说'再见'吧。"谢尔曼太太说道，她觉得，劳埃德在外公家肯定待不了多长时间，"太冷了，你不要站在这里。快跑，我要一直看着你进到门里面。"

小上校勇敢地走上林荫道，脚边跟着弗里茨。每走几步她都转过身回头看，亲一下手给妈妈一个飞吻。

谢尔曼太太泪眼汪汪地看着她。已经差不多有7年了，她没有靠近过那扇陈旧的大门。此刻一大堆记忆一下子涌了上来！

她又回头看了看。当小上校和弗里茨走上台阶时，有一块白色手帕飘动了一下，然后那扇巨大的前门就在他们身后关上了。

第七章

小上校住到了外公家

点灯前的那个夜幕初降的时刻是小上校度过的最孤独的时刻。

她的外公在楼上睡觉。客厅大壁炉的炉膛里传来樱桃木燃烧后发出的噼啪声，但是这座大房子里死气沉沉的，各个角落都布满了阴影。

她打开前门，一心想跑掉。

"弗里茨，快过来。"她说道，轻轻关上身后的门，"咱们去大门口吧。"

空气冷飕飕的。当他们在光秃秃的洋槐树枝下一路争先恐后地跑着时，她都冻得打哆嗦了。她靠在大门上，透过木栅栏往外看。在漆黑的夜幕下，那条通往自己家的可爱的小木屋的大路泛着白色。

"唉，我好想回家呀！"她抽泣着说，"我想找妈妈。"

她犹豫不决地把一只手放在门闩上，把门推开一点，接着又迟疑起来。

"不行，我答应医生了，要留下的。"她想，"他说了，我要是留在这儿，就能帮助妈妈和杰克爸爸他们两个人，那我还是留下吧。"

弗里茨从大门的门缝挤了出去，在外边的干树叶里玩着，把树叶弄得沙沙响，然后它嘴里叼着什么东西回来了。

"小子，到这儿来！"她叫道，"把那个给我！"它把一只灰色小羊皮手套放到了她伸过去的手里。"哦，这是我妈妈的！"她叫道，"我猜，是她跟我说'再见'的时候掉的。哎哟，你这可爱的老狗狗居然找到了这只手套。"

她深情地把那只手套贴在脸颊上，就好像那就是她妈妈的柔软的手。这样的亲密接触让她心里感到一阵安慰，那感觉棒极了。

当她慢吞吞地再走回房子时，她把手套卷起来，爱惜地放进小围裙的口袋里。

在这一周的时间里，这只手套都是她的护身符，摸一下它就能让这想家的小人儿变得勇敢、坚强起来。

当管家玛丽亚走进客厅点灯时，小上校正坐在壁炉前那块大大的软毛地毯上，安心地跟弗里茨说着话，弗里茨把它那卷毛脑袋埋在她的大腿里。

"今天晚上你要在上校的房间里喝茶。"玛丽亚说道，"他让我等他一打铃，就把茶端上去。"

"铃响了。"那孩子大叫着从地毯上跳了起来。

她跟着玛丽亚走上宽宽的楼梯。老上校正坐在一把大大的安乐椅里，身上裹着一件上面印有很多花的花哨睡袍，在这件睡袍的衬托下，他的头发看上去更白了。

他那双黑眼睛出神地看着门。门打开了，小上校走了进来，他那表情严肃的面孔上立刻浮现出一丝温情脉脉的微笑。

"你果然来看外公了，"他高兴地大声说道，"过来亲我一下吧。我觉得你好长时间没有来了。"

她站在他旁边，他的一只胳膊搂着她，这时沃克进来了，手里端着一个放满餐具的托盘。"我们要高高兴兴地办一场小型茶话会。"老上校说道。

当沃克把那些很少见的老式餐具摆上桌时，劳埃德瞪着一双亮晶晶的眼睛看着。有一个又粗又可爱的银色糖罐，两侧各有一个蝴蝶状的把手，还有一个细长的、样子很精致的奶油罐，外形很像一朵百合花。

"这些餐具都是你外高祖母的。"老上校说道，"等你长大了，有了你自己的房子，到那时候这些餐具就都归你所有了。"

她脸上洋溢着的幸福对老上校来说简直是无价之宝。

沃克把她的椅子推到桌子跟前，她转头面对着她的外公，目光炯炯有神。

"哎呀，这简直像一个粉色的故事。"她拍着双手大叫道，"蜡烛的色调、蛋糕上的糖霜，还有碗上的花朵都是粉色的，哎呀，连果冻也是那种颜色的。哦，我可爱的宝贝茶杯哟，它简直就像一朵粉色的玫瑰花。我真高兴能来您家！"

顺利地实现了自己的计划，这让老上校很高兴。他觉得格外满足，甚至还让人在壁炉前面的地上为弗里茨放了一盘鹌鹑和烤面包。

"这是我参加过的最棒的茶话会！"小上校感慨地说道，这时沃克已经是第三次给她添加果酱了。

她的外公咯咯笑了。

"一看到黑莓酱我就会想起汤姆。"他说道，"你的舅舅汤姆还是一个穿礼服的小家伙时都干些什么，你听说过吗？"

她表情严肃地摇了摇头。

"嗯，有一天，孩子们在玩捉迷藏的游戏。他们上上下下都找遍了，其他人都被找到了，唯独找不到汤姆。最后他们开始大叫'出来吧，你可以出来啦'，可是他没有出来。他藏起来的时间很长了，大家开始担心起他来，他们去找你妈妈，告诉她，到处都找不到汤姆。她查看了井底和壁炉防火板后面。他们叫啊叫，后来都叫得上气不接下气了。最后你妈妈想起来去看看她储存水果的那个黑漆漆的大储藏室。结果汤姆就站在里面。他打开了一罐黑莓酱，正用双手抓着吃呢。他的脸上、头发上、方格布围裙上，甚至手腕上都沾满了果酱。他那副样子真是滑稽极了。"老上校说。

听了他的话，小上校开心地大笑起来，求他再多讲些这样的故事。于是他不知不觉地回到了从前跟小汤姆和伊丽莎白在一起的日子。

没有什么比这些故事更让这个孩子开心的了，他讲的这些可都是她妈妈的童年生活呢。

"她以前玩过的全部玩具都放在上面的阁楼里。"他们从桌子旁起身时，他说道，"明天我就把这些玩具都搬下来。有一个布娃娃还是她像你这么大时我从新奥尔良带回来的。不知道这个布娃娃现在变成什么样了，不过它刚被买回来的时候可是非常漂亮的。"

劳埃德拍着手，像陀螺一样绕着桌子跑。

"哦，我真高兴能来您家！"她又一次大声喊道，"外公，您还记得妈妈给这个布娃娃取的名字是什么吗？"

"我是从来不留意这方面的事情的，"他回答道，"不过我倒是记得这个布娃娃的名字，因为她给它取了她妈妈的名字——阿曼西斯。"

"阿曼西斯。"那孩子靠在他的膝盖上，梦呓般地重复了一遍，"外公，我觉得这个名字好可爱。要是给我也取这个名字就好了。"她又小声地重复了好几遍，"这名字让人联想到风吹过白色的三叶草的场景，是不是？"

"我的孩子，我也觉得这个名字很美。"那位老人回答道，他把一只手轻柔地放到她柔软的头发上，"不过，还是叫这个名字的那个女人更美。她就是全肯塔基州最美的花。从来没有一个人像你外婆阿曼西斯那么甜美，那么温柔。"

他心不在焉地抚摸着她的头发，两眼凝视着炉火。他竟然没有注意到，她悄悄地从他身边溜走了。

她把脸埋进装着粉色玫瑰花的盆里，停留了片刻，然后走到窗户跟前，拉开窗帘。她把头靠在窗台上，开始把当下那些让她深感美妙的事物用旋律串联起来。

哦，洋槐树在随风摇动，月光在洋槐树间闪

烁。还有星光和粉色玫瑰花，还有阿曼西斯——

阿曼西斯！

她轻声唱道。

她一遍又一遍地哼唱着，一直到沃克收拾完餐具才停下。

说来也怪，老上校偶尔的温情表现就好像那种不多见的暖和日子一样，他们把这称为"暴风雨前的宁静"。

老上校的温柔情绪一般持续不了多久。可怕的风湿疼痛再次袭来，老上校冲沃克大发脾气，无论沃克干什么或是不干什么，都会招来一顿臭骂。

当玛丽亚上楼来给劳埃德铺床时，弗里茨在房间里拼命地跑来跑去，冲着自己的影子狂叫。

"玛丽亚，把那只狗撵出去！"老上校吼道，他简直要被它的怪异行为气疯了，"你给我听好了，把它带到楼下，撵出房子去！任何人都不许让狗睡在家里。"

想家的感觉再次爬上劳埃德的心头。她本来指望着夜里把弗里茨留在房间里跟她做伴。要不是摸到她口袋里那只宝贵的手套，外公说话这么粗鲁，她肯定也会对外公说出难听的话的。

他的坏脾气造成的后果是当劳埃德跟着玛丽亚下楼并把弗里茨赶到外面时，她一直都阴沉着脸。玛丽亚用围裙拍打着弗里茨，把它赶出了门廊之后，她们在敞开的门口站了片刻。

"啊，看那轮新月！"劳埃德指着天空叫道，秋日的天空中挂着一轮细长的新月。

"宝贝，我可害怕看新月了，"玛丽亚说道，"要看我也会躲在树后面看。看了那个会让我倒霉一个月的。如果我要到没有遮拦的草地上去看，我就背对着月亮，从我的右肩膀斜着看。"

当她们在小路上倒退着行走时，劳埃德正一心想找一个能毫无遮挡地看月亮的地方，与此同时，弗里茨偷偷地跑到了门廊的另一头。

谁都没有注意到它的所作所为。它悄无声息地钻进了房子，4只柔软的爪子尽量不弄出一点声响。

玛丽亚将蜡烛高高地举过头顶，劳埃德紧贴着她的裙子，两个人一起穿过黑暗的二楼大厅，没有看到一条像流苏一样的尾巴一路在她们前面晃来晃去。当玛丽亚带着劳埃德走进老上校隔壁的房间时，它消失在了那张大床下面。

被安顿上床的时候，这孩子还一点都不想睡觉。

房间里的家具看上去都很笨重，颜色很深。壁炉架上方，有一张难看的画像，上面是一个头戴假发的老头，他皱着眉头凶巴巴地看着她。晃来晃去的火光映到他的眼睛上，让那双眼睛看上去跟真人的眼睛一样。

床很高，她不得不爬到一把椅子上，然后再上到床上。她听到玛丽亚沉重的脚步在楼梯上慢慢走动的声音，然后传来砰的关门声。之后就一片寂静，她都能听到隔壁房间里钟表的嘀嗒声。

这是生来第一次，她的妈妈没有来亲吻她，跟她说"晚安"。她的嘴唇发抖，一大滴眼泪滚落到枕头上。

她伸手够床边的那把椅子，她的衣服就搭在椅子上，然后她在围裙口袋里摸索那只可爱的手套。她在床上坐起来，借着昏暗的火光端详手套，然后她把手套贴在脸上。"哦，我要找我妈妈！我要找我妈妈！"她抽泣着伤心地小声说道。

她把头埋在膝盖上，无声地哭了起来，但是抽泣得很厉害，差点都喘不上气了。

床下面传来一阵窸窸声。她惊慌地抬起沾满眼泪的脸，紧接着就笑了，脸上还挂着眼泪。因为原来是弗里茨——她的宝贝狗在那儿，并不是一个未知的、等着要抓她的可怕怪物。

它支着两条后腿，使劲想用它的红舌头友善地舔掉她脸上的眼泪。

她激动地把它揽到怀里。"哦，你真是我的贴心宝贝啊！"她小声说道，"现在我可以放心睡觉去了。"

她把自己的围裙铺到床上，做手势示意它跳一下。它一下子跳到了她旁边。

接近半夜时分，老上校房间的门悄无声息地打开了。

那个老人轻轻搅动炉火，让火焰变得明亮起来，然后他转身对着床。"你这淘气鬼！"他小声说道，看着弗里茨，此时弗里茨很快抬起头，凶巴巴地瞪着他。

劳埃德的一只手伸出来，手里攥着那给她带来安全感的爪子，另一只手抓着什么东西贴在她带着泪痕的脸上。

"真是岂有此理！"老上校这样想着，轻轻地把手套从她的手里抽出来。那只宝贵的手套被他拿在手里，样子修长、气派。他凭直觉便知，这只手套的主人是谁。"这可怜的小家伙一直在哭，"他想，"她想伊丽莎白。我也一样啊！我也一样啊！"强烈的思念让他心痛极了，"自从她离开家以后，家就不再像家了。"

他把那只手套放回枕头上，然后走回自己的房间。

"假如杰克·谢尔曼死了，"那个夜晚他一再地自言自语，"那么她就会重新回到这个家了。哦，宝贝女儿，宝贝女儿！当初你为什么要离开我呢？"

第八章

阿曼西斯

第二天早晨，小上校一睁开眼睛，看到的就是她妈妈玩过的那个布娃娃。玛丽亚把布娃娃放到了她身旁的枕头上。

布娃娃穿得很漂亮，虽然衣服是怪异的老式风格，这让她觉得很新奇。

她提醒自己，这个布娃娃已经非常旧了，所以用手指小心翼翼地捏起布娃娃。玛丽亚警告过她，不能把外公吵醒，因此她小声地夸了几句布娃娃。

"弗里茨，想想吧，"她说道，"这个布娃娃见过我外婆阿曼西斯呢，妈妈还给它取了外婆的名字。我妈妈玩这个布娃娃的时候就像我这么大。我觉得，这是我这辈子见过的最可爱的布娃娃了。"

　　弗里茨嫉妒地叫了一声。

　　"嘘！"它的小主人命令道，"千万不要把老主人吵醒，你没听见玛丽亚说的话吗？为什么你就不小心点呢？"

　　老上校晚上失眠了，情绪状态不佳，不过当劳埃德手里拿着布娃娃蹦蹦跳跳地跑进他的房间时，看到她快乐的样子，他也情不自禁地露出了微笑。

　　她一大清早就吃了早饭，然后回到楼上去查看她房间里摊开的其他玩具。

　　两个房间的门敞开着。在老上校穿衣服、喝咖啡期间一直都能听到她跟人说话的声音。他以为她是在跟玛丽亚说话，但是他浏览信件时抬头看了一眼，他听到小上校说："梅·丽莉，你知道公山羊格拉夫的故事吗？你想让我给你讲那个故事吗？"

　　他把身子往前倾斜了一下，想从窄窄的门缝看看那里面。他只能看到两个脑袋——劳埃德那顶着一头柔软金发的脑袋和梅·丽莉那编了一头密密麻麻黑色小辫的脑袋。

他本来想吩咐梅·丽莉回自己的小屋去，不过他想起上次他这样吩咐之后紧接着发生的事情。他决定还是保持安静，就这样听着。

"公山羊格拉夫特别胖，"故事开始了，"跟我外公一样胖。"

老上校抬头看了一眼对面镜子里自己健壮的身材，脸上露出开心的笑容。

"嗒嗒，嗒嗒，公山羊格拉夫的小蹄子穿过桥，朝巨人的房子走过去了。"劳埃德说。

就在这时候，正在一边整理东西的沃克把两个房间之间的那扇门关上了。

"你这讨厌的家伙，把那扇门打开！"老上校大叫道，门被关上他就听不到里面的说话声了，这让他很生气。

沃克急忙遵照命令去开门，却打翻了一个水罐，水罐就放在盥洗台旁边的地板上。

于是老上校冲他大叫，让他赶快擦干，这样一来，等到那扇门再被打开时，劳埃德的故事已经快讲完了。

老上校往里一瞧，正好看到她把双手放到太阳穴上，食指从前额上伸出来，像两只角一样。她冲梅·丽莉晃动着这两只"角"，用低沉的声音说道："我要用我的长矛来戳你。"那个黑人小孩咯咯笑着后退，说道："这太像公山羊了。我们以前也有过一只公山羊，人们都得绕着它走。有一天早晨我在门廊上待着，它悄悄走到我身后，有那么一会儿我觉得我的脑袋肯定要被撞破了。我赶快站起来，然后抓住它，我都已经没事了，可是公山羊先生难受了一星期。它很不舒服。"

沃克咧着嘴笑了，因为他目睹了当时的情景。

就在这时，玛丽亚在门口把脑袋探进来说："梅·丽莉，你妈妈在叫你。"

劳埃德和弗里茨吵吵闹闹地跟着她们下楼。接下来的近一个小时的时间里，这栋大大的房子里一片宁静。

老上校看着窗外，劳埃德和弗里茨在光秃秃的洋槐树下玩捉迷藏。当她进屋时，因为在冷空气里跑了一会儿，脸颊红扑扑的，两只眼睛像星星一样闪烁着，脸上带着灿烂的笑容。

"瞧瞧，我在枯树叶里找到的，"她大声说道，"一小朵蓝紫色的紫罗兰花，就只有它开花了。"

她从隔壁的房间里拿出来一个特别小的杯子，这个杯子是一套娃娃餐具里的，然后，她把那朵紫罗兰花放了进去。

"好啦！"她说着，把它放在桌子上紧靠她外公的地方，"现在我要把阿曼西斯放到椅子上，这样您可以看着她，我在外边玩的时候您就不觉得孤单了。"

他把她拉到身边，亲了一下。

"看看，你的手多冰凉呀！"他大声说道，"一直待在这个暖和的房间里，我都忘了外边可是大冬天呢。我觉得你穿得不够暖和，这个季节你就不应该戴太阳帽了。"

说罢，他第一次注意到，她的外套已经小了，鞋也又破又旧。

"你怎么还穿着这些旧衣服呢？"他不耐烦地说，"你出门的时候她们为什么不给你打扮打扮呢？给你穿上现成的旧衣服就打发你出来，这实在是不成体统。"

这说到了小上校的痛处。她不得不穿旧衣服，还因此挨骂，这严重地伤害到了她的自尊心。此外，她觉得，在某种程度上，她妈妈也因为买不起她的新衣服而受到了指责。

"这都是我最好的衣服了，"她回答道，坚强地克制住眼泪，"我根本不需要新的衣服，因为过不了多久我们可能就要离开这里了。"

"离开这里？"老上校面无表情地重复道，"去哪儿？"他又追问了一遍，她才回答了。然后她转身背对着他，朝门走去。因为受自尊心的驱使，她不愿让他看到她的眼泪，此时泪水就顺着她的脸颊流淌着。

"我们要去救济院了，"小上校赌气似的大声说道，"等手袋里的钱一花光就去。我来这里的时候钱就快要花光了。"

说到这儿，她抽泣起来，这时她在门口两手摸索着想开门，却打不开。

"我现在就回家找我妈妈去。就算我的衣服又旧又难看，她也一样爱我。"劳埃德说。

"劳埃德，怎么回事？"老上校叫道，看她突然间这么难过，他觉得很意外，也很担心，"到外公跟前来。为什么你之前不告诉我这些事呢？"

那面容、那语气、那张开的胳膊，都在吸引她走过去，简直无法抗拒。她把头靠在他的肩膀上，把她多日来一直担惊受怕的事说出来，她感觉轻松多了。

小上校用胳膊搂着他的脖子，那可爱的小脑袋紧贴着他的心脏，老上校此时的心变得柔软无比，他愿意为她做任何事，只要能安抚她就行。

"好啦，好啦，"他安慰道，用一只手轻轻抚摸着她的头发，这时她把自己心里所有的烦恼都告诉了他，"我的宝贝，你不要为这些事担心。你们不会用锡锅吃饭，睡麦秆上的。外公不会让这种事发生。"

她坐起来，用围裙擦了擦眼睛。"但是杰克爸爸会等不到您帮忙就死掉的，"她哭着说道，"妈妈也会这样死掉的。我听到她跟医生这么说了。"

老上校脸上那温柔的表情立刻变得像打火石一样冷漠，不过他依然抚摸着她的头发。"人的想法有时候是可以改变的，"他冷冷地说道，"如果我是你的话，我就不会为这种小事担心。你想不想跑到楼下，让玛丽亚给你一块蛋糕吃呢？"

"哦，想啊，"她大声说道，抬头看着他，脸上露出笑容，"我也要给您拿一块。"

那个下午，当第一趟火车抵达路易斯维尔时，沃克登上了火车，口袋里装着一份本市最大的一家纺织品公司的订单。那个傍晚，当他下车回家后，他把一个大箱子搬进了老上校的房间。

劳埃德往箱子里看了一眼，她的眼睛一下子亮了。里面有一件优雅的皮外套、一双精致的鞋，还有一个暖手筒，一看到这个暖手筒，她就高兴得叫了起来。

"这是什么东西？"老上校问道，这时他拿出一顶帽子，那顶帽子被整齐地叠放在箱子的一个角落里。"我跟他们说，要他们那里最时髦的东西。这帽子看起来像一个稻草人。"他把那顶帽子斜放在劳埃德的脑袋上，说道。

她把帽子揪下来，仔细看起来。"哎呀，跟艾玛·路易丝·韦弗德的帽子真像！"她大声说道，"您没有戴正。

瞧！应该这样戴。"

她走到镜子前，照着她看见过的艾玛·路易丝·韦弗德的样子戴上帽子。

"嘿，这是普通的拿破仑式帽子，"老上校高兴地大声说道，"现在的小女孩们都开始喜欢戴士兵帽了，是吧？这顶帽子正适合你的短头发。外公实在是替他的'小上校'感到骄傲呢。"

她按照他教的那样，敬了一个军礼，接着就扑过去抱住了他。"哦，外公！"她边亲吻他边大声说道，"您跟圣诞老人一样棒，非常棒。"

第二天，老上校的风湿病好些了，到傍晚时已经好多了，他都可以下楼走到长长的客厅里。这个长长的客厅已经很久没有这么亮过了。

银色大烛台上的每一根蜡烛都被点亮了，那些颜色昏暗的老式镜子的四面都被照得格外亮。一大团烛火照在那些画像和带有壁画的天花板上。家具上的所有亚麻布罩子都被取下来了。

劳埃德从来没有参观过这个房间，只看见过遮盖着的椅子和百叶窗的下边部分，这时她跑了进来。起初房间里的变化让她感到纳闷，接着她就轻手轻脚地四处走动，查看每一样东西。

在一个角落里立着一架高高的镀金竖琴，这是她的外婆少女时代弹过的琴。竖琴多年来一直闲置在一旁，那厚厚的罩子使竖琴依然干干净净的，保持着原有的光泽。以孩子的审美眼光来看，这简直就是她见过的最漂亮的东西。

她站在那儿，双手背在身后，目光从踏板移到那高高的、有着优美曲线的琴架上。在柔和的火光下，竖琴如打磨过的金子一样闪闪发光。

"哎呀，外公！"最后她用毕恭毕敬的语气小声说道，"这是您从哪儿弄来的呢？是一个天使留给您的吗？"

他没有立刻回答她，而是抬头看着壁炉架上方的一幅画像，用有些沙哑的声音说："是的，宝贝，是一个天使留在这儿的。她永远都是天使。到外公跟前来吧。"

他把她抱到他的膝盖上，指着那幅画让她看。画上画的就是那架竖琴。一位身着一袭白衣的少女，站在竖琴旁，一只手放在闪闪发亮的琴弦上。

"我第一次看见她的时候，她就是这个样子。"老上校出神地说道，"她的头发上插着一朵六月玫瑰，颈前还戴着一朵；透过那双黑色的大眼睛能直接看到她的心灵——那真是上帝创造的最纯洁、最美丽的心灵！我的阿曼西斯真是太美了！"

"我的阿曼西斯真是太美了！"孩子用敬畏的口吻小声跟着说道。

劳埃德坐在那里，盯着那张年轻、可爱的面孔看了好一会儿，而此时，老上校依然沉醉在梦境里。

"外公，"她最后开口说道，还拍拍他的脸颊让他注意听着，然后冲那幅画像点点头，"她也像我妈妈爱我一样，爱我妈妈吗？"

"宝贝，那当然啦。"他温柔地回答道。

已是黄昏时分，对劳埃德来说，这个时候想家的感觉总是最强烈。

"那我现在明白了，如果我的漂亮外婆阿曼西斯能从那个相框里走下来，那她就会直接走过去，张开胳膊搂住我妈妈，亲吻她，让她所有的烦恼都通通不见了。"劳埃德说。

那一刻，老上校坐在他的椅子上，觉得心烦意乱。这时，喝茶的铃声响了，这让他大大地松了一口气。

第九章

小上校与老上校决裂

这之后，劳埃德在外公家做客期间，每天傍晚，那间长长的客厅里的壁炉都会燃起炉火。所有的蜡烛都被点亮了，花瓶里插满了直接从温室里摘的鲜花。

她喜欢在外公下楼前偷偷溜进房间，想象着跟那些旧画像说话。

汤姆那透着孩子气的英俊面孔最吸引她。他的双眼笑眯眯地俯视着她的眼睛，让她觉得，他肯定明白她跟他说的每一句话。有一次沃克无意中听到她说："汤姆舅舅，我要给你讲一个公山羊格拉夫的故事。"

她在外公家的最后一晚，当老上校下楼时，他隐约听到一根竖琴琴弦的振动声。这还是第一次，劳埃德斗胆去碰了碰一根弦。他在门对面的台阶上停下脚步，往里看。

"弗里茨，到这儿来。"她说道，"你爬到沙发上，陪着我，我要给你唱歌。"

弗里茨坐在壁炉前的地毯上，睁开一只困倦的眼睛，然后又闭上了。她跺了一下脚，又重复了一遍命令。它根本不听。于是她亲自动手把它揪起来，使劲地冲它吹气，拽它，最后把它拉到了椅子上。

等她回到竖琴跟前，它立刻纵身一跳，消失在了沙发底下。

"哼，"她不悦地说道，"先生，我会以牙还牙的。"然后她抬头看那幅画像。"汤姆舅舅，"她说道，"那你陪我吧，我要弹给你听。"

她的手指轻轻地触碰琴弦，那随意弹的音调里居然都没有不和谐的音。她的嗓音既清亮又真实动人，琴弦微微的颤动声干扰了那和谐悦耳的声音，就像一阵微风飘荡而过时偶然缠住了这些琴弦。

请给我唱一首歌吧，唱那首

很久很久以前，很久以前我珍爱的歌。

请给我讲故事吧，讲那些

很久很久以前，很久以前我喜欢听的故事。

那甜美的嗓音一字不落地唱完了整首歌。这是她的妈妈给她唱的次数最多的摇篮曲。

老上校坐到台阶上听着，擦了擦眼睛。

"我曾经唱过的这首《很久以前》，是我现在唯一记得的歌了。"他悲伤地想，"到明天，这个每说一句话、每一个举动都让我想起过去生活的小家伙，也要离开我了。为什么那个讨厌的杰克·谢尔曼还不死，好让我的女儿重新回到我身边？"

劳埃德离开后的那一周有很多次他都想到这个问题。他老是想起她那欢快的声音，想念餐桌旁她那灿烂的笑容。没有了她，这栋房子显得又大又冷清。他吩咐把客厅的家具上的罩子都重新罩上，门又像以前那样锁了起来。

在小木屋的大门口，小上校被从"马基男孩"上抱了下来，此刻她开心极了。

她手舞足蹈地跑进房子，回到妈妈的怀抱让她兴奋极了，竟然完全忘了提起那曾经让她非常骄傲、高兴的新外套和暖手筒。

她看到她的爸爸靠在几个枕头上，他已经不发烧了，眼睛里往日的那种狡黠神采也不见了。

他夸张地赞美她的新衣服，又嘻嘻哈哈地夸奖她，夸得她美滋滋的。不过当她蹦蹦跳跳地跑去找贝克妈妈时，他转头面对着妻子。"伊丽莎白，"他疑惑地说道，"你觉得你父亲给她买衣服的目的是什么？我可不喜欢他干的这事儿。虽然我失去了很多钱，但我现在也不是乞丐。我们之间发生过那么多不愉快的事，我可不想从他手里得到任何东西，也不想让我的孩子接受他的东西。"

让他大吃一惊的是，伊丽莎白把头靠在他旁边的枕头上，突然哭了起来。

"唉，杰克，"她抽泣着说道，"今天早晨我已经把最后的一块钱花掉了。我本来不打算告诉你的，可是我不知道我们该怎么办。我父亲给劳埃德买那些东西，是因为她穿得破破烂烂的，而我连一件新衣服都买不起。"

杰克一脸茫然。"怎么会呢？我带回来很多钱呀。"他说道，语气中充满悲伤，"我知道，我要卧床不起了，不过我觉得还是有足够的钱让我们熬过这一关的。"

她抬起头。"你带钱回家了呀！"她吃惊地说道，"我倒希望如此，我翻遍了你的东西，只在你的一个口袋里找到了一点点零钱。你说的钱是你神志不清的时候幻想出来的吧？"

"什么！"他大叫道，直挺挺地坐了起来，紧接着又虚弱地躺回枕头上，"可怜的孩子啊！该不会，这几周你们一直就靠着我启程之前寄回家的那张支票勉强度日吧？"

"我们就是靠那笔钱生活的。"她抽泣着说道，脸依然埋在枕头里。长时间的焦虑让她疲惫不堪，眼泪一旦流出来，就止不住了。

她把一件大衣拿到床边，看着他从里面拿出一包信，从中抽出一个密封的信封，她的心里充满了感激。

"哎呀，我从来没有想到检查一下这些信里有没有钱。"她大声说道，而他手拿着信封微笑着。

他告诉她，他去年夏天的投资收益超出了他的最高预期。"罗伯哥哥还在西部帮我照管我的生意，还有他自己的生意。"他解释道，"他的岳父是当地的巨头，所以我能知道一些内部消息。还有，我在纽约担保的那家公司的生意差不多又好起来了，我过去投进去的每一块钱都要收回来了。从长远来看，那些投资人也不会有丝毫损失。可爱的夫人，明年的这个时候我们又要成为人上人了，所以就不要再在这方面杞人忧天了。"

那个下午，医生最后一次来访。似乎，小木屋里真的再也不会有黑暗的日子了。

"乌云都散去了，还给我们留下了希望的曙光。"谢尔曼太太说道，这一天，她的丈夫第一次能到户外走动了。他一路走到邮局，取回一封西部来的信。信中报告的关于他的生意的情况令人振奋，他迫不及待地要投入工作。午后不久，他就写了回信，还执意要亲自去寄信。

"要是不让我多锻炼锻炼，那我的体力永远也恢复不了。"他说道。

那是11月的一个灰蒙蒙的冷天。他出门时正飘着零星的雪花。

"我会在泰勒家待一会儿，休息一下，"他回头大声说道，"我在外面的这段时间不要担心。"

离开邮局后，那清新的空气格外诱人，让他走了比他预期的还要远的路。在一个离他家很远的地方，他突然浑身没力气了。雪下得很大，他都要冻僵了，一路摸索着走回自己家，累得快要昏过去了。

劳埃德正在吹肥皂泡，看见他走了进来，然后重重地跌倒在沙发上。他的脸色惨白，一双眼睛紧闭着，这吓得她手里正在用的小陶土管都掉了。正当她弯腰去捡那些碎片时，她妈妈的哭声让她更加害怕了。"劳埃德，快去叫贝基，快，快！哎呀，他快要死了！"妈妈喊道。

劳埃德的脸色更难看了，她朝厨房跑去，拼命叫喊贝克妈妈。可是厨房里一个人都没有。

紧接着她没有戴帽子就竭尽全力、以最快的速度跑出去，跑上通往洋槐庄园的那条大路。她坚信到那儿就能得到帮助。雪花贴在她的头发上，风吹打在她柔嫩的脸颊上。她满眼都是妈妈紧握她的两只手的情景，还有爸爸那苍白的面孔。当她冲进那栋房子时，老上校正坐在壁炉旁看书，她跑得上气不接下气的，她想说话，却说不出来，只是大口地喘气。

"快走吧！"她大叫道，"杰克爸爸快死了！快去救救他吧！"

听到她急急忙忙说的这些话，老上校立刻站了起来。还没等他搞清楚她想干什么，她就抓住他的手，拉着他朝门走去。紧接着他又退回来了。她可容不得丝毫的拖延，对他的提问只回答了只言片语。

"哎呀，外公，走吧！"她乞求道，"不要站着说话啦！"但是他拖着不让她走，非要弄明白是怎么回事。从她告诉他的情况看，显然，劳埃德和她母亲都吓坏了。后来他搞清楚了，并没有人打发她来叫他，是这孩子自己跑来的，于是他拒绝去。

他不相信那个男人快死了，于是决定坚持自己的立场，寸步不让。自从他发誓跟女儿一刀两断以来，7 年了，他一直坚守着这个誓言。如果需要的话，他还要坚守 70个 7 年。

她看着他，完全不知所措了。每当她冒出哪怕是最不值一提的怪念头，然后求他帮忙时，他一向都是迁就她的，对此她已经习以为常了，她从来没有想到，在这样的危难时刻他居然会不帮忙。

　　"外公，为什么？"她张口问道，嘴唇抖得很厉害。接着她的整个表情都变了，脸变得出奇地白，眼睛似乎也变得又大又黑。老上校吃惊地看着她，他以前从来没有见过一个孩子发这么大脾气。"我恨您！我恨您！"她全身发抖，大声喊道。"您是个残忍的坏蛋。我再也不来这里了，再也不来了！再也不来了！再也不来了！"

　　眼泪顺着她的脸颊滚滚而下，她砰的一声把门摔上，跑上那条林荫道，她那小小的心灵充满了悲伤与失望，简直要受不了了。

　　老上校在房间里已经来回踱步一个多小时了，还是无法忘却那张小脸上愤怒和失望的表情。

　　他知道，她跟他太像了，是不会收回自己说出去的话的。她永远都不会再回到这里了。此刻他才明白，自己是多么爱她；才明白，她的到来对他的生活产生了多么大的影响。她绝望地走了，这已经无可挽回了，除非——他打开客厅的门，走了进去。干玫瑰叶的一丝气息扑面而来。他走到空荡荡的壁炉跟前，抬头久久地凝视着画像上那张可爱的面孔，然后他把一只胳膊支在壁炉架上，垂下头靠在上面。"唉，阿曼西斯呀，"他喃喃地说道，"你告诉我该怎么办吧。"

他又想起了劳埃德亲口所说的话。"她会直接走过去，张开胳膊搂住我妈妈，亲吻她，让她所有的烦恼都通通不见了。"

他在那儿站了很长时间。他的爱心与自尊心激烈地战斗着。最后他抬起头，看到这短暂的冬日已经快要过去了。他没有等着让人备马，就顶着纷纷扬扬的雪花朝小木屋出发了。

第十章

重归于好

当老上校急急忙忙地赶路时，许多设想涌上他的心头。他不知道自己会被怎样接待。如果杰克·谢尔曼真的死了怎么办？如果伊丽莎白拒绝见他怎么办？在走到大门口之前，他自己设想了十几遍他们见面时可能会出现的场景。

等他踏上那条小路时，他已经走得气喘吁吁了，而且思绪很乱。当他在门廊的台阶上停下脚步时，劳埃德绕着房子跑了过来，她扛着一把笤帚，笤帚上面站着她的鹦鹉。她的头发被风吹得在红润的脸蛋上飘来飘去，她头上戴着拿破仑式帽子，嘴里唱着歌。

最近两小时出现的情况让她的内心感受完全变了。她的爸爸刚刚因为虚弱而昏倒了。

从洋槐庄园一路跑回家后，她不敢进屋子，因为担心她不在家的时候，她最害怕的事情已经发生了。她怯怯地打开门，偷偷往里看。爸爸睁着两只眼睛，接着她听到他说话了。她跑进房间，把头埋进妈妈的膝盖间，抽泣着讲了去洋槐庄园的经历。

让她特别吃惊的是，当她重复了一遍自己对外公说的那些粗鲁话时，爸爸竟然大笑起来，而且笑得特别开心，这让她的失望之情大大缓解。

老上校的脑海里还不断回忆着那间昏暗的旧客厅里曾经发生的许多事情，内心还一直跟自尊心斗争着，这期间劳埃德一直在跟弗里茨和鹦鹉波莉玩耍。

眼下她突然迎面撞上她的外公，她把那只脏兮兮的鸟扔到地上，站在那里，一双眼睛惊恐地瞪着他。就算他是从天上掉下来的，她也不会更惊讶了。

"孩子，你妈妈在哪儿？"他问道，说话时尽量表现得很平静。她好像无法相信亲眼所见的事实，又回头看了一眼，然后带路把他领进了门厅。

"妈妈！妈妈！"她叫道，推开了客厅的门，"到这儿来，快过来！"

老上校把帽子从白发苍苍的脑袋上摘下来，扔到地上，朝前迈出预期的那一步。耳边传来一阵轻微的沙沙声，接着伊丽莎白站在了门口。他们凝望着彼此的脸，接着，老上校伸出一只胳膊。

"宝贝女儿。"他用颤抖的声音说道。一生的爱似乎都透过那两个词颤抖着说出来了。

旋即，她的胳膊就搂住了他的脖子，他就像已故的阿曼西斯可能会做的那样，温柔地"亲吻她，让她所有的烦恼都通通不见了"。

劳埃德反应过来是怎么回事了，她立刻乐开了花。她兴奋得满屋子蹦蹦跳跳，惹得弗里茨拼命叫。

"也进来看看杰克爸爸吧。"她大声叫道，把老上校带进隔壁的房间。

在瞥了一眼妻子那张开心的面孔之后，杰克·谢尔曼无论有多么根深蒂固的偏见，此时也无私地撇开了。

当这位仪态威严的老兵穿过房间走过来时，杰克靠着胳膊肘支起身子。看到那满头白发、那一只空袖子，知道老人对曾经失去的一切念念不忘，以及想到他到底还是伊丽莎白的爸爸，一股暖流流过这个年轻人的心田。

"先生，你会跟我握手吗？"他问道，说着便坐起来直率地主动伸出手。

"他当然会了！"劳埃德大声说道，此时她依然紧贴在外公的胳膊上，"他当然会了！"

"我快要死了，已经再也躲不开病魔了。"年轻人说道，这时他们的手有力地握在一起，所有的恩怨都被化解了。

老上校的脸上勉强露出一丝微笑。

"我一直以为就是死亡也不可能让我屈服，"他说道，"不过现在我不得不向小上校彻底投降了。"

那个圣诞节洋槐庄园举行了热闹的庆祝活动，在兴奋地做准备工作的过程中，梅·丽莉和亨利·克雷都要乐疯了。沃克悬挂起雪松、冬青和槲寄生，这样一来这栋大房子看上去像一座凉亭。玛丽亚一直忙碌着，把一个个房间通风，搬出储存的亚麻布和银器。

老上校亲自把他的爷爷当年从弗吉尼亚州带来的大酒盅斟满酒。

"我真高兴今天晚上我们要在这儿过夜，"劳埃德说道，这时她把平安夜的圣诞袜挂上了，"圣诞老人要从这些大烟囱里下来就容易多了。"

早晨，她发现她的袜子旁边挂着4只非常小的长袜子，里面装满了给弗里茨的糖果，她高兴极了。

那个夜晚客厅里放着一棵树，树很高，都顶到绘着壁画的天花板了。当梅·丽莉走进来，从那棵树上拿取属于自己的礼物时，劳埃德蹦蹦跳跳地跑到她跟前。"哦，整个冬天我都要住在这儿了。"她大叫道，"妈妈和杰克爸爸要去有大鳄鱼的南方了，这段时间，贝克妈妈也要跟我待在这儿。等他们的身体好了，就会回来的，杰克爸爸要在草坪的那头盖一栋房子。我要有两个家了，是妈妈这么说的。"

那个夜晚，在那栋老房子里有音乐声、灯光、笑声和快乐的心。那栋老房子仿佛做了一个长长的梦，现在梦醒了，发现自己又焕发了青春。

小上校向梅·丽莉吐露的那个计划被详细地实施了。孩子觉得冬天似乎很漫长，不过倒是过得很开心。如今随着年龄的增长，她不再那么频繁地发脾气了，可是，每周寄往南方的信里还是写满了她那些奇怪的话和淘气的恶作剧行为。老上校发现自己很难拒绝她的任何要求。假如不是贝克妈妈坚持原则，这孩子真要被惯坏了。

春天终于又来了。绿霸鹟在雪松上鸣叫。蒲公英如星星一般点缀在路边。洋槐树挥动着绿色的树枝，每动一下都会抛撒出朵朵芬芳的白色花朵。

"他们快回来啦！他们快回来啦！"小上校每天都反反复复地哼着这一句。

他们回来的那个早晨，马车才出发去接他们，她就已经往林荫道上跑了十几趟去迎接他们。"沃克，"她叫道，"给我砍一大根洋槐树枝吧，我想把它当成旗子挥舞！"

正当沃克把一根树枝扔到她脚下时，她听到车轮的响声。"外公，快来，"她叫道，"他们回来了。"不过老上校已经朝大门走过去迎接他们了。马车停了，一转眼，杰克爸爸就挥着胳膊把劳埃德抛了起来，这时候老上校正帮着伊丽莎白下车。

"这是不是一个非常开心的早晨呀？"小上校大声说道，这时她从自己的座位上探过身子爬到她爸爸的肩膀上去亲吻他那晒黑的脸颊。

"的确是一个非常开心的早晨。"她的外公说道，此时他紧紧攥着伊丽莎白的一只手，朝房子走去。

他们走过台阶许久之后，那些老洋槐树间还回荡着小上校的话。多年前，当上校把他的新娘带回家时，就是在这条小路上，它们撒下了芬芳的花朵，为阿曼西斯铺就了一条甜蜜的白色通道，让她那娇小的双脚踩在上面。

当汤姆被运回家时，它们垂下了树枝，向那棺木盖丢下它们的花朵以示致敬。这位少年兵曾经那么喜欢它们，以至于在他那穿着灰色大衣的胸膛上还放了一小束花朵。

它们就像深爱这栋老房子的哨兵一样日夜守护着它。

眼下，当它们俯视着这个和睦的家庭，浑身感到一阵战栗，连最顶部、枝头开着花朵的大树枝都抖动着。

树叶发出轻微的沙沙声，那是洋槐树们凑在一起窃窃私语。"孩子们终于回家了，"它们一遍又一遍地说着，"多么开心的早晨啊！哦，这是一个多么开心的早晨啊！"

第二部
小上校的家庭派对

第一章

邀请信已寄出

小上校骑着她的小马走在那条从庄园别墅通往大门的长长的林荫道上。这个早上，这条散发着洋槐树气息的路泛着白光，令人惬意。

在劳埃德斯波若谷，人人皆知洋槐庄园。每一位到访劳埃兹巴勒的游客都会被带着穿过大门去欣赏那一排排壮观的洋槐树，以及林荫道尽头的那栋门柱上爬满了藤蔓、泛着白光的石头房子。大家也都认识房子的主人老上校。

夏天，他总是身着粗布或亚麻布白衣；冬天，他则穿一件别致的军用斗篷。看到他那伟岸的身躯，几乎人人都会附加一句："他还是小上校的外公。"劳埃德·谢尔曼初到这个山谷时就是一个惹人喜爱的小淘气，能成为这种孩子的外公是任何男人都引以为傲的荣誉，劳埃德上校也为此深感骄傲。他很高兴人们因为她和他长得很像而将他的上校头衔给了她。自从她第一次被人戏称"小上校"以来，她已经长大了一点。那时的她只是一个被宠坏的 5 岁小孩子；但是现如今她长成了一个 11 岁的小淑女，这也让他的自豪感更强了。

这个 5 月的早上，小上校在洋槐树下策马而行，身着一袭白衣，一顶小巧的拿破仑式黑天鹅绒帽子显眼地扣在她那头浅色短发上。帽子上散落着洋槐树花瓣，她一边缓缓行进着，一边把这些花瓣塞到小马的耳朵后面，小马的皮毛犹如她的天鹅绒帽子一般又软又黑。她给它取名叫"塔巴比"。

"好啦！"把花朵们都满意地塞好之后她高兴地小声说道，"塔巴比，今天早上你的样子漂亮极了！你知道吗？

摩尔法官家开门迎接夏天了，昨天他们全家都回来了。"

她一路说着话，穿过林荫道尽头的大门上了公路。两分钟的轻快慢跑便将她带进了另一扇大门，这扇大门整个冬天都是关闭的，对这扇大门她也有着极大的好奇心，因为它直通摩尔法官的别墅。摩尔法官是罗布的爷爷，从她记事起，她每一个夏天都和罗布在一起玩耍。

那扇宽大的白色大门此刻敞开着，她收紧缰绳，焦急地朝里张望。她期待着能看到一张熟悉的长着雀斑的面孔，或者听到一声热情的欢呼。然而她只听到一阵放肆的叫声，那是栖息在大门上方一棵树上的一只小鸟发出的"啾啾，啾啾"。它在树枝上站稳了，然后俯下身子，抬起眼睛看向她。

它的眼前是一个身形纤瘦的 11 岁女孩，她的脸颊上有像野玫瑰一样娇嫩的粉色，那双淡褐色的眼睛闪烁着狡黠的光芒，而这双眼睛透过那顶拿破仑式小帽肆无忌惮地观察着世界，帽子上还落着洋槐树花瓣。

"塔巴比，一个人都看不见呢，"小上校说道，"去完邮局我们才有时间进那里，所以我们可能还得继续赶路。"

她慢慢转身准备离开，这时她身后的大路上传来一阵急促的马蹄声。一位12岁男孩骑着他的灰色大马冲她疾驰而来。当他到达能听到小上校说话的距离时，就一把扯下帽子，那张长着雀斑的脸上露出灿烂的笑容。

"你好！劳埃德，"他大声说道，"我刚去过你家。"

"罗布，我也在找你呢。"她回应道，语气随意，就好像他们昨天刚刚分开，而不是分开了8个月，"跟我去一趟邮局吧，我要把这些信寄了。"

"好吧，"罗布说着把灰马骑到小黑马旁边，他低头看到小上校热情的目光，笑得更开心了，"劳埃德，你可能体会不到回到乡下有多棒。我简直等不及学校放假，我都要受不了了！你一个冬天都干什么了？"

"哎呀，还是老一套：上学、上音乐课，傍晚和妈妈、杰克爸爸还有外公在一起度过了许多快乐时光。"劳埃德说。

当他们骑着马并肩而行时，小上校愉快地聊起了自他们分别以来发生的所有事情，罗布一直用好奇的眼神看着她。"劳埃德·谢尔曼，你这是怎么啦？"最后他问道，"你的样子——变化太大了！"

劳埃德的一只手拍拍头，说："你没看见吗？我剪头发了。我求了妈妈和杰克爸爸好久，他们才同意我剪。"

"我不喜欢这个发型。有点不适合你，"他说道，"你这样子像个男孩。哎呀，跟我的头发一样短。"

"我不在乎，"劳埃德回答道，"这样舒服，而且外公喜欢。他说他的小上校现在又回来了，他还派人去城里买了我小时候戴的那种拿破仑式帽子。"

"你小时候！"罗布大笑着用嘲笑的语气说道，"小姐，你觉得你现在有多大呢？你才到我肩膀这儿。"

"罗布·摩尔，不管怎么说，我 11 岁了，"小上校表情严肃地回应道，这让罗布很后悔自己说了这番话，"我上周满 11 岁了，我的其中一个礼物就是剪我想要的发型，另一个礼物是办家庭派对。对了，你还完全不知道我 6 月份要办生日派对的事呢！"她大声说道，"外公和杰克爸爸要离家 1 个月去弗吉尼亚州的一些矿泉疗养地，6 月我要办家庭派对，好让妈妈和我不那么孤单寂寞。派对规模不大，只有 3 个女孩要陪我过 6 月份，不过妈妈说如果我们愿意的话，每天都可以野餐，我也可以邀请劳埃德斯波若谷所有的男孩女孩来，我现在就邀请你。我们期待你参加我们家所有的聚会、野餐和棉花糖派对。罗布，我希望你能帮我让女孩子们玩得开心。"

罗布把帽子在头上转了一圈，叫道："哇，祝你玩得痛快！"之后他又彬彬有礼地说："劳埃德，谢谢你，你就对我放心吧。只要你需要，我随时都会出现，都有谁要来呢？"

听到他的问话，劳埃德举起手里拿着的 3 封信，让他看谢尔曼夫人用花体字书写的收信人地址：

尤金妮娅·福布斯小姐，

华尔道夫酒店，

纽约市。

"嗯？她是谁？"他出声读完之后问道。

"尤金妮娅算是我的表姐。"劳埃德解释道，"我是在以前我们住在纽约的时候认识她的，不过我离开那里之后我们就没见过面了，现在她大概 13 岁。那时候每次我们一起玩，不管玩什么，如果我不顺着她，她就一直尖叫，可是我的脾气也不好，所以我们俩总是争吵不断。她真是被宠坏了。我可忘不了有一天我的手被她咬流血了，还有她把我的脸抓得就像被老虎抓过一样。"

"那你当时干什么了？"罗布笑嘻嘻地问。

"我记得我当时用我的小红椅子砸了她的后背，"想起当时的情形，劳埃德边说边哈哈大笑，"也可能我用玩具茶壶敲她的脑袋了。我记得这两件事我都干过，我们在一起总是会惹麻烦。我不想让妈妈邀请她，但是妈妈说她觉得应该请。尤金妮娅的妈妈去世了，是 3 年前去世的。他们家特别有钱，尤金妮娅拥有的东西都是最好的，我担心她会觉得劳埃德斯波若谷太穷、太小。我猜她也很傲慢自大。她以前就这样，总是干什么都随心所欲。"

"1 号客人好像很不讨人喜欢呢，"罗布愁眉苦脸地说道，"2 号客人是谁？"劳埃德把第二个信封递给他：

乔伊斯·韦尔小姐，

普雷斯维勒，

堪萨斯州。

"我从来没见过她，"劳埃德说道，"不过我觉得我们就像老朋友一样。她妈妈和我妈妈是我们这里的劳埃德斯波若谷女子学院的同学，她们 15 年来一直坚持每个月互通一封信。韦尔夫人现在寡居，她们过得不好，因为她们很穷，她还有 4 个比乔伊斯小的孩子。不过乔伊斯有许多我和尤金妮娅都没有的东西。去年她表姐带她出国了，她还学了法语，她们在法国度过了非常美好的冬天。"

"她多大了？"罗布打断她的话问道。

"和尤金妮娅同岁，我觉得是，她肯定是那种风趣的女孩，因为她画画很好。妈妈说她的素描画得非常好，乔伊斯长大了想当一名真正的画家。"劳埃德说。

"2 号客人不错，"罗布边说边点头表示认可，"下一位！"小上校递上第三个信封。

"一只飞向东，一只飞向西，所以我觉得这一只会飞进布谷鸟窝。"罗布说着读起了地址：

伊丽莎白·劳埃德·刘易斯，

杰尼斯邮局转交，

肯塔基州。

"哎呀，妈妈就是这么称呼那个地方的，"小上校大声说道，"布谷鸟窝农场！她说布谷鸟在筑巢的时候是世界上最粗心大意的鸟。它们就是把几根小树枝和棍子随便一搭，根本不管它们可怜的小鸟会不会从窝里掉出来。它们好像以为随便搭个窝就行了，而伊丽莎白·劳埃德·刘易斯的家就像那样。她从小就成了可怜的孤儿，住在绿河上游的一个农场。我妈妈是她的教母，所以她的名字叫伊丽莎白·劳埃德。刘易斯夫人也是妈妈的老校友，她说她希望我和乔伊斯、伊丽莎白能像她和艾米丽·韦尔、乔伊斯·刘易斯一样成为亲密的朋友，所以她要邀请她们。"

"那你完全不了解这一位的情况吗？"罗布问道。

"一点都不知道。"劳埃德说。

这时他们到达了邮局，罗布伸手去拿信。"我帮你把信放进去。"他说道。然后，他一边把信一封接一封地放进信箱，一边说着："一只飞向东，一只飞向西，一只飞进布谷鸟窝。"

劳埃德问道："尤金妮娅、乔伊斯、伊丽莎白，这三人中哪一位是我们的最爱呢？"

"乔伊斯。"罗布急忙说道。

"我也这么认为。"小上校表示赞同，俯身把小马耳朵后边的洋槐树花弄好。

"好了，现在邀请信都发出去了。来吧，塔巴比，看看你能不能把罗布·摩尔的那匹老灰马狠狠地打败，让它再也不好意思参加比赛了。"

说罢，小黑马便如箭一般奔向洋槐庄园，而大灰马蹄子的踩踏声如同打雷一般。灰尘飞扬，狗儿狂吠，一群鸡咯咯叫着穿过大路躲开了。

稍后不久那 3 个白信封就愉快地上路了，被一起放到了邮袋里发往路易斯维尔。但是它们在一起的路线并不长，到了城里的邮局它们就被分散开，如同 3 只白色信鸽，各行其道，前去通知客人们为小上校的家庭派对做准备。

第二章

贝蒂抵达"美丽之家"

发往杰尼斯邮局的那封信最先抵达目的地。这地儿算不上邮局，只是一个在十字路口商店的一角安置的一个旧收件箱。一个男人每周两次骑马从最近的小镇把邮袋运送过来。因此能进这特殊袋子的信寥寥无几，于是这家商店兼邮局的主人——名叫杰尼斯的乡绅，便对经他之手的每一封信都饶有兴趣。

"伊丽莎白·劳埃德·刘易斯小姐，"他大声读了出来，"嗯？她到底是谁呢？"

他的提问没有人回应，此时商店里只有一位长得十分壮实的男孩，他是来给他爸爸取周报的。"杰克，"乡绅问道，"你听说过咱们这一片有一位伊丽莎白·劳埃德·刘易斯小姐吗？"

"当然知道！"他慢吞吞地说道，"就是贝蒂。阿普尔顿家的贝蒂。你不知道吗？就是他们家抚养的那个小孤儿。今年春天我在他家干了一段时间活儿——犁地。"

乡绅把那封信塞进了标着"A"的信箱，说："要是她的话，我对她太了解了。我可以告诉你，她在阿普尔顿家得到的教育极少。他们留下她是因为他们是她在世的最近的血亲，就是她爸爸的四代旁系血亲或者类似的关系。据他们说，她爸爸去世前留了一点钱来支付她的伙食费，可是我听说她还是得在阿普尔顿家干活。"

"没错，"杰克说道，"她的生活就是这样，而且她根本没有得到青少年应该接受的教育。阿普尔顿夫人忙着给农场的工人们做饭，她都顾不上照顾自己的孩子，好像都是贝蒂在照料阿普尔顿家的小孩子们。"

"我真高兴有人关心这孩子，还给她写信。"这位老乡绅继续说道，"我很好奇这个人是谁，邮戳显示信来自劳埃德斯波若谷。真希望她能来一趟。我要问问她，信是谁寄来的。"

杰克说："能真的收到一封完全属于她的信，小贝蒂一定会非常自豪。我这辈子还从来没有收到过信呢。乡绅，如果你同意的话，我想去给她送信。回家路上我可以去一下阿普尔顿家。"

"悉听尊便，"这位老人回答道，"要是他们家没人来商店，那这封信就得放一星期了，这封信好像挺重要的。"

贝蒂还不知道一个美妙的惊喜正在等着她，或者也许她正在迫不及待地期待这封信的到来。

对她来说这是疲惫不堪的一天。5点前起床后，她就忙着做早上的家务，直到做好早饭，她才获准休息一下，而此时距离小上校起床的时间还很早。之后她帮忙洗早餐的餐具，今天轮到她去食品冷藏室做黄油，她上上下下地锤雪松奶桶里的奶油搅拌器，到最后累得胳膊生疼。

她还要给饥肠辘辘的农场工人准备午餐，午饭后还有很多餐具要洗，之后还有一些毛巾要熨烫。一直到下午 2 点钟才能干完所有的活儿，她才有时间回到她的山墙小屋。

火辣辣的阳光穿过没有百叶窗遮挡的窗户射入房间，她在小镜子前梳她的一头鬈发。镜子极小，她照镜子时只能看到一部分脸。要是照她那双小鹿一般的充满渴望和好奇的褐色大眼睛，那就照不到她那张敏感的小嘴了。或者如果她踮着脚尖站在凳子上，她可以看到下巴周围鼓起的肉、长着酒窝的脸颊以及白色的牙齿，那眼睛就看不到了，至于她那鼻尖上长着雀斑的小鼻子，也只能看到一半。

她匆匆用一根褐色橡皮筋扎好一头鬈发，穿上围裙，跑下楼，边跑边系纽扣。从现在到晚饭前的这段时间，她可以自由活动。出了房门，她缓步走在绿树成荫的果园里，把遮阳帽的带子甩来甩去。走出果园，她来到一条长长的、两侧长满樱桃树的林荫小道，小路的尽头是大门，门外便是公路了。

当她用一只手抱住门柱去解门闩时，一双小光脚在她身后啪嗒啪嗒地快速跑着，紧接着传来一声尖叫："等一等，贝蒂，等一下！"原来是戴维·阿普尔顿。人们叫他贝蒂的小绵羊、贝蒂的影子、贝蒂的狗皮膏药，因为不管贝蒂走到哪儿，戴维都紧跟着她。

阿普尔顿家所有的孩子都是男孩——3个比戴维小，2个比他大。戴维是一个古怪的小家伙。他紧跟在贝蒂后面，用手里的鞭子抽打草，除了最初急切地喊她等一等他之外，他就再也没有说过一句话。他们两个对彼此从来不厌烦。他答应了什么也不问，就只是跟在她身后，因为他早就学会了察言观色，三思而后行。在大门口他追上了她，他并没有问她这是要去哪儿，因为他知道只要一直跟着，到时候总会知道的。

贝蒂带路，他们穿过公路走向一座被冷杉树林包围的木质教堂。此时吸引他们的是教堂里面的一个红色小书柜。这是贝蒂最近发现的，书柜多年来就立在角落里的一张后排长凳上，角落布满了蜘蛛网。

书柜里装的是已解散的主日学校的所有图书资料，这些书曾经被两代人使用过，因年代久远而发黄，散发着霉味，但是对喜爱读故事、渴望新故事的小贝蒂而言，它们如同金矿一般。她发现无须钥匙她就可以进入这个红色小宝库，因为窗户下面的外墙上支着一块木板，为她进入教堂提供了方便。她每天干完活后都来这里，仔细地阅读这些早已被遗忘的散发着霉味的旧书。

今天贝蒂已经读了将近一个小时，这时他们听到从积满尘土的大路上传来缓慢的马蹄声。贝蒂中断读书侧耳听，戴维则坐起来看过去。

"是杰克。"他认出骑着马的是那个帮他父亲耕田的男孩，大声说道。

"希望他不会看到我们，"贝蒂低声说道，同时把脑袋缩了起来，"我们没有做任何坏事，不过如果教会的人知道我从窗户爬进来，他们可能会不高兴。"

"他在往这边看呢。"戴维说道，他站起来想看得更清楚些，但在贝蒂的命令下又蹲了下来。

但为时已晚。杰克认出了戴维那一头浓密的黄头发，他温和地喊道："喂，贝蒂在哪儿？我有一封信给她。"

听了这话，贝蒂使劲把头探出窗外，差一点失去平衡掉下去。"戴维，快跑过去拿，快点！"她叫道。他那双光着的小脚轻快地穿过草地，朝那匹栗色老马跑过去。他举着两只手去接信，但杰克更想亲自递交这份重要函件。

"给你。"他骑着马走到窗边说，把信扔到贝蒂急切伸出的手里。

"哦，谢谢你，杰克，"她喊道，"这让我感觉好像圣诞节就要到了。除了放在我的圣诞盒子里的，我这辈子还从来没有收到过真正的信。我的教母总是在那时候给我写信，这封信一定也是她写的。"

她把信纸展开放在大腿上，一股淡淡的紫罗兰香气从信纸上散发出来，她开心地深吸了一口气。

"哦，戴维，"她轻声惊叹道，"你知道吗？这是一份邀请我参加在洋槐庄园举办的家庭派对的请柬，是劳埃德·谢尔曼的家庭派对。从我记事起，我就从来没有坐过火车，他们还给我寄了车票。我这辈子从来没有和女孩子一起玩过，现在那儿除了劳埃德，还有两个女孩。最重要的是，我要见到我的教母了！我要在那儿待整整一个月，她认识我的妈妈，也是她最亲密的朋友。我还是婴儿的时候她来参加过我的洗礼，从那以后我就再没见过她。"

"上帝，感谢您，"她开心地说出了一句发自肺腑的、充满感激的话语，"这是您赐给我的最美好的惊喜礼物，我太感激您了！"

然后贝蒂站起来，戴上她的遮阳帽。接着，她爬过窗台，拉上窗户，顺着倾斜的窗板下到地上。她抓住戴维的手，奔跑时来回摆动着，不顾尘土，蹦蹦跳跳地穿过马路。不知为什么，在贝蒂看来，这个世界从来没有像现在这么美丽过。5 月的天空从未如此蔚蓝，午后的阳光也从未如此灿烂辉煌。她边走边唱，把戴维温暖的小手握在她的手里。

清晨，当草地上还沾着露珠时，贝蒂开始了她的朝圣之旅。戴维骄傲地握着缰绳，他的父亲则抱着贝蒂的箱子下楼。

这寒酸的、小小的旧皮箱啊！它连一半都没装满呢，因为此行匆忙，没有太多的时间去做准备。贝蒂小心翼翼地将她仅有的几件方格布连衣裙和新买的蓝白相间的细麻布连衣裙折好。她的纯棉内衣有几处需要缝几针，她唯一的白色荷叶边围裙还要缝一颗扣子。

为了做好准备，她所能做的只有把发带和手帕整齐地放进一个曾经装香皂的钻石形的小盒子里。这些就是贝蒂打算放进她的箱子里的全部东西，可是将它们放进去之后，箱子里仍然有很大的空间，她决定把她的书和几件主要的宝贝带走。"这样它们会更安全。"她自言自语道，然后将一个盒子塞满棉花用来装一些易碎的纪念品。她犹豫了一会儿要不要带她的剪贴簿，那是一本旧账簿，她在其中的空白页上写了许多诗。她几乎不敢称它们为诗歌，不过它们对她而言都很珍贵，因为它们是她那颗孤独的小心灵的真情流露。

"我要带着它，"她这样做了最后的决定，之后便把几页活页纸塞进账簿的封皮和封底中间，"我到了洋槐庄园也许还想写点东西。"

火车缓缓行进，渐渐地将贝蒂带入梦乡。她的白色遮阳帽离座位的软垫靠背越来越近；那双褐色的眼睛困倦地耷拉着，几分钟后贝蒂就睡熟了。这是她对这趟满怀期待的旅行的最后记忆，因为当她醒来时，列车员正扯着嗓子喊着："路易斯维尔到了！"然后人们开始伸手从头顶的行李架上拿自己的行李。

乘客们纷纷起身。人群挤向门口，裹挟着这个受惊的孩子沿过道往前走着。四周一片混乱，她不知道该往哪里走。她站在那巨大的联邦火车站里，大城市的轰鸣声和叮当声重重地冲击着她的耳朵，她感到很无助，不知所措。贝蒂站在那里无助地环顾四周，深藏在遮阳帽下面的那双褐色大眼睛里噙满了泪水，尽管她坚决地眨了眨眼睛克制住眼泪，但是她无法遏制住胸中那因害怕而产生的剧烈跳动。两滴眼泪溅落在她拿着的褐色的柳条篮盖上，接着一位身穿灰白色精致服装的女士向她走来，她觉得那一定是她美丽的教母。

她认出了她的教母，于是开心地小声叫着跳上前去，抓住了一只戴灰色手套的纤细的手。那顶白色的遮阳帽向后滑落，褐色的眼睛从一团黑色的鬈发中探出来，她的眼神中流露出至深的爱慕之情，紧接着贝蒂就被谢尔曼夫人抱在了怀里。

当谢尔曼夫人和贝蒂在劳埃德斯波若谷火车站下车时，小上校正在车站的马车里等着。罗布·摩尔也下来了，他好奇地想看一眼这位第一个到来的客人。他看到小上校的目光落在贝蒂身上时，她露出了惊讶、沮丧的表情，罗布咧嘴笑了。小上校心想，这是因为她的小客人没有戴帽子，还是因为在布谷鸟窝农场没有人教过她比这更好的旅行装束呢？她还提着一个老式的柳条篮子！她看上去太古怪、太土气了！

但劳埃德很有淑女风度，她并没有将这失望感流露出来。她从马车里爬出来，像她妈妈那样彬彬有礼地招呼贝蒂。然后她立刻忘记了自己的烦恼，因为那张笑眯眯地看着她的小脸上所流露出的温情和友善令人无法抗拒。

"伊丽莎白，这个山谷地区看起来跟你想的一样吗？"谢尔曼夫人问道，此时马车启程回家了。

"不一样，"贝蒂迟疑地说道，"我原以为您住在乡下，我觉得这里的乡村和我住的那种乡村不一样。在这里，所有的东西都被修剪得整整齐齐的，就好像精心打理过的头发和系好的鞋带一样。在我家那里，矮树丛很多，到处是杂草和荆棘，院子看上去就好像人起床之后忘了梳头，顶着一头乱发游荡了一整天。"

小上校哈哈大笑起来。无论如何，这个新客人充满了奇思妙想。

"所有其他方面也都不一样，"贝蒂继续说道，"差别就像灰姑娘的南瓜和她的镀金马车一样。它一直都是南瓜，只是被施了魔法后看起来不一样了。你知道吗？"她说道，语气中带着一股迷人的自信，让劳埃德内心对她顿生好感。

"我真高兴你来了！"劳埃德大声说道，贝蒂的天真淳朴彻底打动了她，让她忘记了自己对她的第一印象。

"我们到洋槐庄园了，"劳埃德说，这时她们正驱车驶入那条长长的林荫道。"我多希望你能看到那些树开花时的样子，那场景就像一幅画。"

"我觉得现在就像一幅画，"贝蒂说着，抬头望着那些正在偷听的巨大树枝，它们似乎在挥手表示欢迎。她脸上浮现出认真倾听的神情，仿佛她听懂了它们在枝叶间的窃窃私语。

到达庄园后，贝蒂身子前倾，向高大的白色柱子投去赞赏的目光，所有的柱子都被绿色藤蔓缠绕着，像是给它们系上了精美的花环，"哎呀，我知道这个地方，"她叫道，"这是我的《天路历程》里基督徒去光明之城的路上停留了一会儿的地方。这是'美丽之家'！"

"你的想法真奇怪！"劳埃德大声说着走下马车。"不过你给这个地方起了一个好听的名字，你真可爱。上去看看你的房间吧。你休息一会儿，然后我要带你参观整个房子。"

"这是你的房间！"劳埃德大声说着，推开楼梯尽头的一扇门，带头走了进去。贝蒂跟在后面，手里拿着遮阳帽，如同做梦一般打量着四周。她无法想象房间会这么漂亮。

"我的房间是粉色的，尤金妮娅的是绿色的，乔伊斯的是蓝色的，"劳埃德解释道，"妈妈觉得你会最喜欢这间白色和金色的房间，因为它像雏菊花田。"

贝蒂还没来得及表达她的赞赏之意，谢尔曼夫人就带着一个黑人老妇人进来了，她称呼她"贝克妈妈"，并告诉贝蒂，这位老妇人不仅是她自己的保姆，也是劳埃德的保姆。"她很想见你，"谢尔曼夫人接着说道，"因为她还清楚地记得你妈妈。你妈妈比你现在还小的时候，她帮她穿过很多次衣服，还和我一起回家看她。她会给你拿些牛奶或冰茶，等你要洗澡时，她会帮你放好洗澡水。我们现在先离开一会儿，看看你能不能好好小憩一会儿。这一路很远也很累，你确实需要休息一下。"

大家都离开后剩下贝蒂独自一人，她脱下衣服，按照吩咐躺下了。入睡后，她梦见自己又回到了布谷鸟窝农场，回到了她自己的空荡荡的山墙小屋，她的头顶上方是一大朵白色和黄色相间的雏菊，此时有人摇晃她的肩膀，告诉她该下楼洗早餐的餐具了。然后宽大的白色花瓣开始一片接一片地落下来，当花瓣落尽，她看到雏菊的中央是戴维的脸。不对，是谁的脸呢？她揉了揉眼睛，又看了看，发现教母站在门口。

"小姑娘，该穿衣服去吃晚饭了，"她高兴地说道，"你需要帮忙吗？"

"谢谢，不用。"贝蒂回答道，她坐了起来，瞥见劳埃德从门口走过去了，她穿了一件鲜亮的白色薄纱平纹细布连衣裙，系着粉红色的丝带。

当贝蒂走下楼梯时，每一根银色大烛台上的蜡烛都点亮了，她穿着淡青色的连衣裙，系着丝带，看上去仿佛一朵野花一般清新而甜美。当贝蒂溜进长长的客厅时，劳埃德正在弹竖琴。她的头顶上方挂着一幅美丽少女的肖像画，画上的少女也站在一架竖琴旁边。她穿着白色的衣服，头发上插着一朵六月玫瑰，脖子上还贴了一朵。贝蒂走过去，抬头端详了那张画许久。

"那是我外婆阿曼西斯。"劳埃德停止了弹奏，说道。她领着贝蒂在客厅里转了一圈，向她介绍了所有家人的老肖像画，并讲了每一张的逸闻趣事。然后她又弹起竖琴，贝蒂又坐到了第一幅画前面。"在某种程度上，您也属于我。"贝蒂抬头看着画，心想，"如果您是我教母的妈妈，那么您就是我的'曾教母'，我爱您，因为您真美。"

竖琴的琴弦继续颤动着，肖像画上那张白皙的脸似乎也对她报以微笑。贝蒂隐隐约约欣慰地感到又回到了自己的家，在"美丽之家"体会到了宾至如归的感觉。

第三章

贝蒂日记摘抄

1900 年 6 月 4 日，洋槐庄园

今天早晨，我坐在写字台前准备写完给戴维的一封信，这时我发现了这本空白的小笔记本，封皮是用白色山羊皮革制成的，本子的背面用金色的字印着我的姓名的首字母。我刚来的时候，教母听到我许愿说希望每天都能把自己的一部分快乐时光装进一个盒子里，存起来带回家留着以后欣赏，所以她送了我这本漂亮的白色笔记本。我住在这个"美丽之家"的每一天，我都要在笔记本上写点东西。

即使我活到做奶奶的年龄，我相信我依然会喜欢读这些记录我们在这次家庭派对期间生活点滴的文字。到目前为止，我是唯一的客人。其他人过几天就会来。她们的路途比我远多了。

一开始我感觉很不安——不用铺床，不用洗碗，不用搅打奶油做黄油。我最喜欢晚上，我们在暮色中坐在门廊上，教母聊起了妈妈。我以前对她一无所知，因为她去世的时候我还很小，但现在对我来说她是那么真实，那么和蔼可亲。

然后我们走进长长的客厅，长蜡烛都点亮了。教母弹钢琴，劳埃德弹竖琴。劳埃德还在学习阶段，教母似乎并不怎么看重她的演奏水平，但对我来说，她们演奏的音乐几乎如同天籁。

我可以整晚坐着听她们弹琴。这使我有一种奇怪的感觉，我简直不知道该怎么形容它——我好像远离了一切，飘到了高处，那里广阔无垠、繁星点点。它让我产生了写作的冲动。各种美妙的想法涌进了我的脑袋，我似乎可以用文字记录下来。但这些想法就像磷火一样闪烁不定。当我试图用诗歌的形式捕捉那些闪现的灵感时，它们却总是难以捉摸，仿佛总是在我指尖跳跃，却又无法被我紧紧抓住。

6 月 5 日

今天罗布·摩尔来了，他和劳埃德还有我一起去钓鱼。

我们随身带了午饭，就在小溪中间一块突出来的大岩石上吃饭。我们不得不脱下鞋袜，蹚水走到那里。到那里后，我们发现那块岩石并不大，只能勉强容纳我们和篮子。我们必须一只手紧紧抓着岩石，另一只手拿着三明治。

我们玩得很开心，因为罗布和劳埃德一直在讲非常有趣的事情，我们一直笑。我都不知道是怎么发生的，不过我们笑得太厉害了，劳埃德被一块鸡肉噎住了。我们赶紧猛拍她的后背，好让她能喘上气来，突然间，我们从岩石上掉进了小溪里。

水不是太深，所以我们没有受伤。我们站起来时浑身湿透了，仿佛 3 只青蛙，然后我们擦干眼睛周围的水，那场面滑稽极了。我们笑得太厉害了，差一点没法把篮子从小溪里捞出来。捞出篮子后我们蹚着水上岸了。

当然，我们掉进了水里，今天的钓鱼活动就结束了，因为我们都得赶紧回家换干衣服。但是罗布下午又来了，他和劳埃德给我上了第一节草地网球课。

6 月 6 日

今天中午，乔伊斯乘坐火车来了。她的蓝色房间就在我的房间对面，那个房间很适合她。她和劳埃德一样长着一头金发，但她的头发一点也不卷。她的头发如丝般柔软，两条长长的辫子垂在腰间。她的眼睛是灰色的，长着长长的黑睫毛，虽然她不是很漂亮，但她有一张让你百看不厌的脸。她总是一副开心、快乐的样子，好像她满脑子都是有趣的事情，总能自得其乐。

她是自己一个人来的，虽然一路上换了两次车，而且在卧铺车厢里度过了一整晚，她也毫不在意。她的背包里有一本速写本，里面几乎全是她在火车上画的画。按照教母的说法，对于她这样一个 13 岁的女孩而言，很多画都画得特别巧妙又相当精彩。我觉得这些画很完美。

没用多长时间我就和乔伊斯熟悉了。她到这里才不到一天的时间，我就觉得我好像早就认识她似的。

6 月 7 日

昨天将近 6 点钟，尤金妮娅来了。教母和劳埃德坐马车去车站接她，而我和乔伊斯在洋槐树下走来走去，心里好奇她长什么样。

我们迫不及待地等着马车回来，我们急切地等待着。我对尤金妮娅的印象一言难尽，不知为什么，当她走下马车和我们握手时，她让我感到不自在。也许是因为她有着成年人般成熟的举止，虽然她和乔伊斯同岁。之后，她用一种高高在上的语气和她的女仆说话，命令她把手提包拿上楼去。

她们径直到休息室去换衣服，准备吃晚餐，乔伊斯和我再次挽起手臂，漫步向大门口走去。乔伊斯问我对尤金妮娅的看法。我告诉她，我对自己能第一个来到这里永远都感激不尽。看到尤金妮娅来的时候穿戴着那么时髦的旅行服、手套、帽子，还拎着一个漂亮的皮包，我才猛然意识到自己初来时的模样是多么朴素。我的样子就像我描述的这样：一路上戴着遮阳帽，提着一个放满了随身物品的老式柳条篮子。乔伊斯觉得很好笑。

她轻轻地拍了一下我的下巴，然后在我两颊上各吻了一下，说："你这个小贝蒂真有意思！好像你穿什么对你的朋友们有什么影响似的。"我告诉她，我相信这对尤金妮娅来说会有影响，她也这么认为。

6月8日

今天早上我们有一个天大的惊喜。吃过早饭不久，劳埃德骑着塔巴比回家了，还带来了她妈妈的坐骑——一匹优雅的枣红色小母马。她后面跟着一个黑人，牵着两匹小马，这样我们所有人都能骑马了。那匹枣红色小母马是给尤金妮娅的，她是个很好的骑手。她在纽约的一所马术学校学习过。两匹小马是给乔伊斯和我的。谢尔曼先生不在家的时候从路易斯维尔派人送了这些马给我们，这样我们待在这里的时候就可以骑马了。

其中有一匹小马叫花斑，因为它身上的标记很奇怪。它的毛长得很滑稽，身上有一些小条纹和小斑点，看上去就像故意画上去的一样。它曾经是马戏团里扮小丑的小马，据说会耍很多把戏。乔伊斯想要它，因为它很温顺，而她以前从来没有骑过马。她并不介意它那滑稽的样子。于是拉德——一匹漂亮的褐色马，就归我了，跟我在家里骑的那些关节僵硬的农场老马比起来，它就像摇摆木马一样灵活。

一切准备就绪，于是我们骑上马，跟着罗布飞奔到摩尔法官家。我们五个人跑遍了整个山谷，一直跑到快吃午饭的时候。真是太棒了。一路上尘土飞扬，我们经过的时候，人们都跑到窗前看，好像我们是马戏团。

当我们经过泰勒小树林时，那里确实有一个类似于马戏团表演的活动。一个屠夫协会从城里过来野餐，还带了一支铜管乐队。就在我们到达树林的时候，乐队奏起了华尔兹，乔伊斯的小马花斑开始不停地转圈，好像失去了理智。乔伊斯尖叫着，用胳膊搂住它的脖子，差点要吓死了，后来罗布大叫着说花斑是在跳舞，让她坚持住，看看它会干什么。结果它的举动就是后腿站立起来，把乔伊斯甩到了马路中间。

她坐在马路上，震惊得一动不动，后来罗布把她扶起来，然后他们俩都靠在栅栏上，看着花斑的滑稽动作大笑。它太好玩了。它继续表演着，直到音乐停止才停下。然后它走到罗布身边，举起自己的前蹄和他握手，好像想得到祝贺似的。乐队的音乐似乎使它回想起了它所有的老把戏。我以为乔伊斯不会再骑它，但她还是骑了。罗布向那些男人喊话，请他们等我们走到听不到音乐的地方时再演奏，然后我们就骑马走了。

6月9日

我不相信我能真心喜欢尤金妮娅，因为她常常让我感到不舒服。她趾高气扬的做派能激怒任何人。但是，当她想表现得友好风趣的时候，又是一个很迷人的女孩。我们整个上午都在她房间里听她说话。

住在世界上最大的酒店之一，看遍她所能看到的所有风景，一定很棒。我设想那是一种宫殿一样的地方。她给我们看了她在学校里的 3 个最好的朋友的照片。今天早上我们听到了很多她朋友的故事。比起爸爸，她好像更想念莫莉、费伊和凯尔。

有趣的是，当你和尤金妮娅在一起的时候，你会不由自主地对她讲的事情产生感同身受的感觉，会觉得违反规定、逃课、折磨老师、捉弄不属于她们圈子的女孩都没错，这也很有趣。她似乎对劳埃德有很大的影响力。我相信教母要是知道她的影响力这么大，不会坐视不管的。劳埃德已经答应要逼自己父母同意她明年秋天去纽约的尤金妮娅的学校上学。尤金妮娅告诉我们那是名校，她说："你们知道，有时候那些自称非常棒的学校，其实并不比那些可怕的公立学校好多少，因为它们对申请者来者不拒，根本不管这些人有多普通。"

乔伊斯问她为什么说公立学校很可怕，她傲慢地回答说："哎呀，像样的人是不会去公立学校的。"

这使乔伊斯很生气，她告诉她，她就去了一所公立学校，并且以它为荣。在她住的地方，人们认为公立学校比私立学校好。公立学校有更好的教师和更先进的教学方法，她说她不会为了纽约的那些高级神学院而放弃普兰斯维尔高中。

接着，尤金妮娅用一种烦人的语气说："哦，你会这么想也不奇怪，毕竟你是从西部来的。我一直听人说，那儿是蛮荒之地，我觉得这完全是品位问题。"

接着，她又发出一声烦人的笑声，接着哼起了一支曲子，仿佛公立学校和上公立学校的人都太普通了，都不值一提。乔伊斯露出毫不在乎的表情，望着窗外，说了几句法语。我当然听不懂，但她后来告诉我，那是一句著名的谚语，意思是大智若愚。

尤金妮娅非常惊讶！她不知道乔伊斯会说法语。她说话的时候总是夹杂着法语，总是突然冒出一个我和劳埃德听不懂的法语单词或句子。尤金妮娅来的第一天，乔伊斯笑着对我说，尤金妮娅用错词和用对词的频率一样高。这是乔伊斯第一次说法语，尤金妮娅都不由自主地露出了特别吃惊的表情，然后问她以前为什么从来没有说过法语。乔伊斯告诉她，她的老师从来不允许她混杂着说两种语言。她说，和只懂一种语言的人这样说话很不礼貌，这样做看上去很做作，或者好像显得这个人想炫耀自己懂得多。

这可把尤金妮娅气坏了，她恶狠狠地问这是不是公立学校的老师告诉她的，还说她不知道西部的学校也教法语。乔伊斯说是的，他们的确会教法语，不过她在国外待的那一年给了她很大的帮助，而且在她离开法国之前，大家告诉她，她的口音很像巴黎口音。

这一下子就把尤金妮娅的气焰给压下去了。她不知道乔伊斯去过国外。她自己也非常想去，但是这件事她父亲是不会迁就她的。他说必须等到她再长大一些，等他本人有时间和她一起去的时候再去。她所有的朋友都去过，而乔伊斯还比她先去了，这似乎让她很难堪。从那以后，她再也没有对乔伊斯摆过架子，不过她对我还是端着架子。

在我的"美好时光"笔记本里，这是一大堆废话，但我把它们写进去，是为了解释为什么我们会结成对子。现在乔伊斯和我是一对，尤金妮娅和劳埃德是一对。尤金妮娅总是讨好她，她从来不像对我们那样说劳埃德的坏话，而劳埃德认为尤金妮娅很完美。

今天下午来了一些信，有一大沓都是尤金妮娅的，用漂亮的布纹纸写的，还用漂亮的首字母组合图案的封条封口。我也收到了一封信，是我来这里以后收到的第一封信，是戴维写来的，他用歪歪扭扭的大字把一页纸都写满了。信上只有几行字，但我知道这个小家伙一定用他那结实的小拳头紧紧地攥着铅笔写了很长时间。我真为戴维写的第一封信感到骄傲，我把它拿给女孩们传阅。劳埃德和乔伊斯看了很感兴趣，觉得很有趣，和我一样，一边读着那些歪歪扭扭的可爱字母，一边哈哈大笑；尤金妮娅仍然是一副高高在上的姿态，她漫不经心地扬起她的黑眉毛，把信扔了回来。

"多么奇怪的信纸啊，"她说，"横格纸！我不知道现在除了仆人，还有人用横格纸写信。"

听到她取笑可怜的小戴维的信，我差一点没有忍住眼泪。有那么几分钟，我又想家了，真希望能和戴维一起回到那栋朴素的农舍去。在那里，用横格纸写信之类的傻事都没有什么关系。在那里，人人都用横格纸，因为乡绅杰尼斯不卖其他种类的纸。不管怎样，我倒想知道，这有什么关系呢？

我拿着信回了自己的房间，乔伊斯紧跟着我，发现我在哭。她从窗口冲尤金妮娅做了一个鬼脸，告诉我千万不要在意别人说什么，在尤金妮娅那个装腔作势、故作优雅的圈子之外，还有广阔的大千世界，明白事理的人对他们也是嗤之以鼻的。然后她提出要为我给戴维的回信画插图，并在信纸的顶部画了花斑和拉德，在信纸的底部画了劳埃德的鹦鹉。这使我想起要把鹦鹉说过的一些有趣的话告诉戴维，在给他写信的过程中，我克服了思乡之情。

第四章

吉卜赛占卜师

　　经过一周的野餐、钓鱼、草地聚会、网球比赛等活动后，一天早晨，姑娘们在洋槐庄园的树下休息。贝蒂在秋千上读书，乔伊斯为她画素描，尤金妮娅在吊床上荡着。不久，尤金妮娅觉得无聊，希望找点刺激的事情做，就提议去之前路过的吉卜赛人营地算命。

　　乔伊斯附和，并分享了她认识的一个女人算命应验的经历，以及吉卜赛人通过看手相预测未来的说法。贝蒂也被吸引，摊开手仔细查看。尤金妮娅发现她的手上有一个星星形状的图案，决定去算命。尽管罗布说他的哥哥说营地要收费，且有人怀疑那群吉卜赛人是盗马贼，但尤金妮娅坚持要去，并慷慨地提出帮大家支付算命的费用。

乔伊斯去屋里找劳埃德，让她传话给仆人亚历克让他备马，并请女仆艾略特准备尤金妮娅的帽子和鞋带。乔伊斯、尤金妮娅和贝蒂在回屋子的路上遇到了谢尔曼夫人，她邀请她们一起乘马车去邮局，尤金妮娅以天气热为由拒绝了。贝蒂透露了她和姑娘们计划去吉卜赛人营地算命的事。

"去吉卜赛人营地！"谢尔曼夫人惊奇地应声说道，"你们为什么要去那里？"

"我们要去算命，"贝蒂心里毫无顾虑地回答道，又感激地补充说，"尤金妮娅是不是很好？她要替我们大家付钱。"

一声压抑的惊叫从尤金妮娅的嘴里脱口而出，她愤怒地瞪了贝蒂一眼。因为她看到谢尔曼夫人的脸上露出愠怒的神色。

"但是你们不应该去那儿。"谢尔曼夫人说道，"我很抱歉要让你们失望了，但我一刻也没想过让劳埃德去那里。他们是一群粗野、低级的人——都是赌徒和盗马贼。你们这些小女孩不宜靠近他们。我本想刚听说他们在山谷里扎营时就告诉劳埃德，让她不要带你们走任何通往营地的路。可是我忘了说，结果你们骑马走了。幸好我知道劳埃德和她的同龄人相比是一个很谨慎的孩子，而且他们去年夏天到这儿来的时候，她听说了许多关于他们的传闻，否则你们不在家的时候，我会一直提心吊胆的。"

"真对不起，"尤金妮娅说道，"我就是特别想让人给我算命。"

谢尔曼夫人若有所思地坐着，一边用鞭子抽打着马车的轮子。过了一会儿，她说道："他们算命时说的当然不是事实。对于未来的预知能力人人都一样。但我很抱歉让你失望了，因为我知道你这个年纪的人会觉得这种事很有趣。我趁着外出就去一趟艾莉森·麦金太尔小姐家，请她今晚过来吃晚饭，这样怎么样？她是我的一个好朋友，很懂手相，她说的运势特别有意思。她比我认识的任何一个人都更擅长让年轻人开心。她的两个侄子——马尔科姆·麦金太尔和基思·麦金太尔昨天从路易斯维尔来拜访她，我也会邀请他们。他们是很好相处的孩子，我相信你会发现他们比任何一个吉卜赛人都有趣得多。你觉得这个计划怎么样？这能弥补你的失望吗？"

在谢尔曼夫人离开后，尤金妮娅仍坚持要去吉卜赛人营地。她决定立即前往，尽管贝蒂担心这会违背谢尔曼夫人的意愿。她们与罗布·摩尔和麦金太尔家的男孩们不期而遇，马尔科姆提议一同前往营地，那里正举行着热闹的聚会。

劳埃德对未经谢尔曼夫人允许就去营地表示担忧，但尤金妮娅坚持要去，她对劳埃德的影响也与日俱增。贝蒂正忙着和罗布聊天，没注意到他们要去哪儿，直到听到一阵班卓琴声和响亮的歌声，她才意识到他们即将到达营地。她感到很惊慌，提醒尤金妮娅她们和谢尔曼夫人的约定，但尤金妮娅不顾一切地想要实现自己的愿望，坚持要去，并试图安抚劳埃德。男孩们退到一旁，让女孩们自己解决问题。

尤金妮娅用一只胳膊搂住劳埃德，把她拉到一边。她低声说："我从来没有见过这种胆小鬼，真是小题大做。贝蒂特别胆小，要是背后有苍蝇嗡嗡叫，她都不敢回头看。劳埃德，你现在明白了吧，像我这么挑剔的人，是不会去任何不合适的地方的，跟你妈妈差不多。我会负责的。我确信我已经长大了，而且有3个大男孩陪着我们去那儿，没问题的。"

其他人听不见她们俩在说什么。尤金妮娅轮番用甜言蜜语、冷嘲热讽劝说她，最后劳埃德让步了，大家都走进了营地，除了贝蒂。她一个人在小路上等着，骑着马走来走去，好像等了很长时间，等着他们回来。

事实上，她独自在那条小路上坚守了还不到一个钟头。当她骑着马来来回回溜达的时候，她可以瞥见帐篷里尤金妮娅的粉红色连衣裙，他们都聚集在那个老算命师的周围。她不时听到说话声和笑声，这使她有一种孤独感和被冷落的感觉，为此她差一点流下眼泪。她知道别人都认为她小题大做、吹毛求疵，这使她感到非常不舒服。

帐篷里不时传来生病的孩子的哭闹声。快到中午时，6个孩子才三三两两地从帐篷里走了出来。

"幸好我没有错过这个！"尤金妮娅得意地说，"贝蒂不去真是太傻了，是不是？哦，贝蒂，算命师跟我讲了我以前的所有经历，甚至还描述了和我一起上学的3个女孩的样子。她说我会长寿，会有很多钱，还会结两次婚。她还告诉我要提防一个黑眼睛的胖黑人，说这人嫉妒我，会想办法伤害我。"

"乔伊斯，她跟你说什么了？"贝蒂急切地问，她觉得自己错过了一个大好机会，没能揭开隐藏着她的未来的那层面纱。

"她说我蹚过了一大片水域，现在还有一片要走，但是其余的好多事情我都不相信，也不记得了。"乔伊斯说。

"她给我算的命连一块钱都不值，"罗布抱怨道，"绝对不值。"他付出了自己的代价，此时心里追悔莫及，浪费的钱本来可以供他看两场马戏表演的。

"我们不要告诉任何人我们来过这里。"他们动身回家时，尤金妮娅说道，"把这事儿当成秘密，这样会显得特别特别浪漫。我们可以等着看会发生什么，几年后再告诉对方。"

"可我向来什么都跟妈妈说，"小上校吃惊地大声说道，"她一定很乐意听那老妇人给我们讲的有趣的算命故事。要是她知道那可怜的小婴儿病得那么厉害，她一定会给他寄点什么东西的。她一直都在帮助穷人。"

"可是我自有要保守这个秘密的特殊理由。"尤金妮娅固执地要求道，"不管怎样你得保证暂时什么也别说。等我准备回家时再说。"

"为什么？"劳埃德困惑地问道。

"她怕教母知道。"贝蒂说，她再也控制不住自己的舌头了，想到之前她拒绝跟他们去营地时尤金妮娅说的那些话，她仍然很难过。

"没有这种事！"尤金妮娅大声说道，"我们去营地是没问题的，我自己有暂时不提这件事的理由。这不过是一件小事而已，我相信，作为劳埃德的客人，尊重我的意愿对她来说不过是小事一桩。"

"哦，当然，如果你这么说的话。"劳埃德说，"我什么也不会说，等到你告诉我可以说了我再说。"

"你们男孩子也不介意答应我，是吧？"尤金妮娅问，她那双黑眼睛笑盈盈地依次向他们瞥了一眼。

"你们发誓，"他们答应了之后她笑着说，"'真心实意地、郑重其事地'发誓，'哪怕把我放倒，切成两半'，都不会说出去。"

乔伊斯笑着照男孩子们的样子做了，尤金妮娅冲贝蒂意味深长地笑了笑。贝蒂骑着马独自走着，表情严肃，沉默不语。"那这样就没问题了，"尤金妮娅大声叫道，"就是，如果'乖乖小姐'都觉得不必跑去告发的话。"

贝蒂气得一言未发。她骑着马，两颊发烫，高昂着头。这一小群人在台阶前停下来时，谢尔曼夫人正坐在宽敞、凉爽的大厅里。男孩子们也从林荫道一路骑马过来，然后下马和她说话。

"我给你们都留了邀请你们今晚来吃饭的信函，"谢尔曼夫人说道，这时马尔科姆和基思走上前来握手。"你们的艾莉森姨妈已经同意给我们算命了。罗布，你算过命吗？你也来吧。"

"是的，算过一次。"罗布看到尤金妮娅瞪了他一眼，于是小心翼翼地回答道，"不过，我那次不是很满意，很乐意再试一次。"

小上校的脸涨得通红，谢尔曼夫人也注意到了。"宝贝女儿，恐怕你是顶着正午的炙热日光骑得太远了吧。"她说道，"你最好上楼洗洗脸。"

男孩们走了，劳埃德听从妈妈的建议逃离了她警惕的目光。当她下楼吃午饭的时候，脸颊上的红晕已经消失了，但整个下午她的良心都感到刺痛，很不安，在艾莉森小姐到来后，这种刺痛感不断加深。

"今天早上大家怎么都气鼓鼓的？"乔伊斯环顾着周围一张张阴沉沉的脸，问道。4个姑娘在树下的吊床和椅子上懒洋洋地躺了好几个小时，在这段时间里几乎没有说过一句礼貌的话。

"我们没有任何生气的理由，"乔伊斯接着说道，"今天天气很好，我们吃了一顿可口的早餐，开心地骑了马，还期待着今晚去参加萨莉·费尔法克斯家的纸巾派对呢。尽管如此，我还是觉得火气很大，很恼火，真想抓住一个人挠他一把。"

贝蒂从书上抬起头，笑了，说道："我没有气鼓鼓的，可是吃过早餐以后，我就一直在想究竟发生了什么事，让你们这么不高兴。劳埃德看上去好像吃了酸黄瓜似的，尤金妮娅今天早上对每一个跟她说话的人都凶巴巴的。"

"才不是那样呢！"尤金妮娅皱着眉头反驳道。于是劳埃德开始用一种挑逗的腔调唱起来：

坏脾气的人，拉上门闩，坐在炉火边纺纱。

"哎呀，闭嘴！"尤金妮娅生气地大声说道。

"哎呀，劳埃德。"谢尔曼夫人走了过来，正好听到了劳埃德的歌声和尤金妮娅的回答，她说道，"你肯定不是在取笑你的客人吧！这让我很惊讶呢！"

令大家吃惊的是，劳埃德一下子倒在吊床上，用一只胳膊捂着脸哭了起来。

"宝贝女儿，怎么啦？"谢尔曼夫人担心地问，并坐到她旁边的吊床上，抚摸着她柔软的短发。她从来没有见过劳埃德对这么一个小小的责备如此敏感。

"妈妈并不想批评她的宝贝女儿。听到你冲你的客人说不好听的话，这让我很吃惊。"谢尔曼夫人说。

"你……你也会那样说的！"小上校抽泣着说道，"要是尤……尤金妮娅一上午都对你出言不逊的话！她说话一直都那么刻薄，还怒气冲冲的……"

"我没有！"尤金妮娅喊道，"是你挑起的，自从我们来到这里，你就一直想找碴儿吵架，乔伊斯也一直对我唠叨个没完。你们两个都让我感到特别痛苦、难过，我真希望从来没有见过你，没有来过你们这破肯塔基！"

说到这里，使谢尔曼夫人更吃惊的是，尤金妮娅竟然摸出手帕，擦起了从脸颊上淌下来的眼泪。

"真的，姑娘们，我很难过！"谢尔曼夫人大声说道，"你们是因为什么严重的事情争吵，还是你们只是生病了，所以精神紧张？"

"我这辈子都没有这么难受过，"劳埃德说道，"我嗓子疼，眼睛也痛，只要有人看我一眼，我就忍不住要哭。"

"我也有这种感觉，"尤金妮娅用手帕擦着眼睛说道，"而且我的头也疼。"

"我想我们三个都得了重感冒，"乔伊斯坐在吊床上说道，"我还没有到哭的地步，不过我也很快就会哭了。贝蒂将是今晚唯一能去参加派对的人，我们的纸巾连衣裙真漂亮。"

谢尔曼夫人困惑地看看这张通红的脸，又看看那张通红的脸。"我真搞不清楚了，"她说，"但要不是我确信你们没有去过任何可能接触麻疹病人的地方，我都要怀疑你们全都染上麻疹了。不久前，富勒医生告诉我吉卜赛人营地里有几个孩子得了这种病，一个可怜的小婴儿死了。可是这事儿没有得到应有的重视。哎呀，孩子们，怎么了？"谢尔曼夫人看见劳埃德惊恐地朝尤金妮娅看了一眼，便住了口。

"你们肯定没有接近过那些人，是吧？从来没有在路上遇到过他们，也没有在车站碰到过他们吧？"谢尔曼夫人问。

很长一段时间没有人回答，在这段时间里贝蒂可以听到自己的心跳得很快。

"劳埃德，回答我。"谢尔曼夫人说道。

"尤……尤金妮娅不让我说！"小上校抽泣着说道，"她让我们大家都保证不说出去。"

尤金妮娅的脸色变得苍白，但当谢尔曼夫人转过身叫她的名字时，她却不以为然地昂起头来。

"孩子，怎么回事？那天早上我警告你不要去那个营地，你确实没有去吧？"谢尔曼夫人问。

"不，我们去了。"尤金妮娅回答道，此时她有点被谢尔曼夫人脸上的表情吓到了，不过仍然一副目中无人的样子。

"什么时候？"谢尔曼夫人问。

"我想大概是一个星期以前。我记不清了。"乔伊斯说。

"已经9天了。"贝蒂一边数着手指一边说道。

"我们进去算命的时候，帐篷里有一个生病的婴儿。"乔伊斯补充道，"那个婴儿一直躺在那个老妇人的大腿上，她抓着我的一只手，婴儿的头不停地扭来扭去，声音微弱而且有气无力的，就好像没有力气大声哭出来似的。一定就是那个可怜的小家伙死了。"

"你们全都进了那个帐篷，全都让那个老妇人抓你们的手了？"谢尔曼夫人一边问；一边愁眉苦脸地看看这个孩子，看看那个孩子。

"妈妈，我们没有全都进去，"小上校大声说道，"贝蒂没有去，她本来想阻止我们的。她说你会不高兴。"

这时，谢尔曼夫人的脸上露出一抹慈爱的微笑，这是无声的赞许，这使贝蒂的内心欣喜不已，然后她转头看着其他人。

"好吧，我马上派人去请富勒医生。如果确诊是麻疹的话，我们要马上把家里弄成医院那样。如果'同病相怜'这句老话没错的话，那这下你们4个人该心满意足了。"

"哦，我已经得过麻疹了，"贝蒂很快说道，"是两年前得的。"

"那么我很高兴你不用因为别人不听话而受苦了。"谢尔曼夫人说，"这次是你们自讨苦吃，所以我就不再训你们了。"

那天晚上，萨莉·费尔法克斯家的派对上没有出现来自洋槐庄园的客人，因为医生上门问诊了，并宣布了他的诊断结果。很多天都没有派对。劳埃德、尤金妮娅和乔伊斯得了麻疹，大家都不希望贝蒂来参加派对，因为害怕会被传染。

谢尔曼夫人、女仆艾略特和贝克妈妈端着热柠檬水，到一个个黑漆漆的房间巡视，贝蒂则一个人在别墅里到处游荡。有一次她溜进了缝纫室，那里已经准备好了用纸巾做的戏服，就放在精致的花形小帽子旁边。乔伊斯的戏服是淡蓝色牵牛花图案的，尤金妮娅的是猩红色的罂粟花图案的，劳埃德的戏服看起来像一株粉红色的风信子，而贝蒂的是一朵水仙花。

"这太糟糕了。"贝蒂悲伤地说着，把那顶优雅的水仙花帽子歪着戴在她褐色的鬈发上，"我没有得麻疹，这太好了，可是不能戴着它出去玩真是遗憾。"

那天傍晚的晚些时候，她听见小上校嘟囔："唉，我得说，这可真是一场家庭派对！我们就这样待在家里，我们只能待着，错过所有的娱乐活动。我可不喜欢这种家庭派对！"

"亲爱的，没关系，"贝克妈妈柔声说道，"事情不会像你想得那么糟。疹子出得均匀又彻底，像撒了一层啤酒花似的。"

"我讨厌这个黑漆漆的房间，"小上校哭着说道，"那么小，真烦人，我觉得特别热，浑身都疼……"

几天后最糟糕的情况过去了，两张小床被抬进尤金妮娅的房间，好供劳埃德和乔伊斯白天用。窗帘依然要拉上，但姑娘们还是找到了许多自娱自乐的方法。如果不是因为贝蒂，她们的日子不会这么好过。

贝蒂在昏暗的房间里度过了好几个钟头，每一次微风吹来，夏天都在呼唤她出门沐浴阳光，在夏日的欢呼声中高兴起来。她渴望骑着拉德在乡间逛一逛，却每天都和那些挑剔的病人玩好多盘跳棋。她借着从百叶窗透进来的那一点光大声读书，读故事，一直读到声音都沙哑了。

"真好玩，是不是？"一天，她们在等着午饭送上来的时候，尤金妮娅说道，"我一直在想接下来会发生什么事，因为谢尔曼夫人给我们送的饭菜没有一天不带着意外惊喜。这简直是一场持续不断的惊喜派对。"

"我们会被宠坏的，"乔伊斯说道，"就像我在老家认识的一个小男孩一样。他坚持一年到头都过圣诞节。因为他是家里唯一的孩子，如果够得到月亮，他的家人都能给他摘月亮。"

"谢尔曼夫人也在用同样的方式宠坏我们，"尤金妮娅说道，"昨天她送来的和巧克力一起的小纪念勺真是太可爱了，我特别喜欢我的那把。"

"我好奇今天会有什么惊喜。"劳埃德说道，这时楼梯上响起了银器碰撞发出的叮当声。

"我知道，"贝蒂边说边跑过去给端着托盘的人开门，"这是谜语沙拉。我帮教母做的。"

艾略特、贝克妈妈和其他女仆庄严地列队走了进来，每人端着一个装着一份简单午餐的托盘，中间有一个精美的小碟子，上面堆着一些新鲜的"生菜"。

"这不是摆在国王面前的美味佳肴嘛！"乔伊斯一边查看她的谜语沙拉，一边惊叫道，"哎呀，姑娘们，我真上当了。我发誓我以为那些是真的生菜，结果它们只是纸做的。这仿造得也太巧妙了，里面该写了多少谜题啊！"

"看看你能不能猜出这个呢？"尤金妮娅大声说道，"这是不是很好玩？"接着她读了一个很巧妙的谜题，大家都思考起来。她们最终不得不放弃，于是她把谜底告诉了她们，这引起了一片笑声。

"好了，现在听着，"接下来是劳埃德读谜题，之后是乔伊斯，午餐就这样在由谜语沙拉引起的笑声和许多精彩评论中吃完了。

"你们不会觉得得麻疹是一件有趣的事的，"当托盘被收走以后，贝蒂说道，"要是像我得麻疹时那样。当时正是收割庄稼的时节，没人有时间照顾我。"

"你这个可怜的小贝蒂！"乔伊斯同情地叹了口气，"你可不能在我们的家庭派对上再得一次麻疹，那就太糟糕了。我现在一点也不难受了。我感觉开心极了。"

她说话的时候，林荫道上传来了马蹄声，过了一会儿，窗下传来了刺耳的口哨声。

"你好，麻疹。"一个欢快的声音喊道。

"是罗布！"劳埃德叫道。"你好啊！"她笑着回了一句，"你也进来长些麻疹，行吗？"

"不了，谢谢，"他回答说，"你太慷慨了。喂，劳埃德，你能不能放下来一个篮子之类的东西？我给大家准备了一个惊喜。"

"贝蒂，把废纸篓拿过来。"劳埃德兴奋地说道，同时手指着一个用甜草编织而成的漂亮小篮子，篮子上系着许多蝴蝶结，"我的跳绳在壁橱里。如果你把它系在篮子的把手上，就能把篮子放下去。"

片刻之后，贝蒂的笑脸便出现在了窗口，篮子被放下去交给了楼下骑着马的男孩。

"我要站在马鞍上才能够得到。"罗布叫道。罗布两脚叉开以保持平衡，他小心翼翼地把什么东西从胳膊上挎着的篮子里扔到贝蒂吊下来的与他眼睛齐平的那个篮子里。

"贝蒂，也给你一个。"姑娘们听见他说，但是没等她们搞清楚他给她们留下了什么东西，他就已经沿着林荫道策马而去了。

贝蒂小心地把篮子拉上来，生怕绳子会脱落，因为"惊喜篮"很重。当她安全地把篮子放到地板上并把它翻过来时，从里面滚出了 4 只胖胖的小猎狐犬。

"太可爱了！"劳埃德大声说着，从自己的小床上一跃而起，去抓其中一只胖乎乎的小家伙，那个小家伙冲她张开它那笨拙的爪子。"它们长得太像了，除非系上不同颜色的丝带，要不然我们根本没办法区分它们。我要用罗布的大名——'鲍勃'作为我的小狗的名字，因为是他把它们送给我们的。"

"我们给它们都取这个名字吧。"贝蒂说，"我们不久就要把它们带到不同的地方，所以这不会有任何影响。"这个建议得到了大家的认可，尤金妮娅派艾略特到她的箱子里拿一条淡绿色的丝带。"我要让'鲍勃'的领结和我的房间相配。"她说道。

"我们也要那样做。"乔伊斯说。几分钟后，4只"鲍勃"就笨拙地在地板上活蹦乱跳了，它们各自戴着粉红色、黄色、蓝色和绿色的蝴蝶结。那天下午，它们给姑娘们带来了许多欢乐。

第五章

枕套派对

　　"乔伊斯，你这辈子干过的最糟糕的事是什么？"小上校问道。这是她们麻疹康复、获准下楼后的第一天，她们在图书室里自娱自乐。过去的半个小时感觉特别漫长，劳埃德的问题引起了大家的兴趣。

　　"我不知道，"乔伊斯回答，她微微闭着眼睛，使劲回忆，"我做过很多让自己感到羞愧的事，我很难分清哪一件是最糟糕的，不过我想起了一件我做过的很恶劣的事。那是很久以前的事了，当时我还说不清楚话，但我清楚地记得那是多么闷热的一天。妈妈当时正给她的毛皮大衣放置樟脑丸，准备在夏天把大衣收起来。你知道那些樟脑丸的味道有多难闻。

"我有一只叫暖手筒的老猫，妈妈一下楼，我就想到要给它塞上樟脑丸。于是我把它放进一个旧枕套里，又往里面装了一把味道令人窒息的樟脑丸，然后捆紧了枕套。它喵喵叫着，疯狂地抓挠着，可我还是用力打开沉重的箱子盖，可怜的老暖手筒就被扔进了毛皮大衣堆里。

"幸运的是，几个小时后，妈妈发现了一件她忘记收起来的羊皮斗篷，于是她回到阁楼打算把它放进箱子。还好她这么做了，不然那只可怜的猫就会被闷死。当她掀开盖子时，那只枕套正在蠕动，仿佛有了生命。这把她吓坏了，她往后一跳，盖子掉在地上。我不知道是什么吓了她一跳，她也不知道我和这件事有关系，因为当时我嘴里含着拇指，像一只无辜的羔羊一样站在那里看着。

"妈妈让女仆布丽奇特去叫隔壁的花园工人丹尼斯，丹尼斯以为房子着火了，一步跨两级台阶，快步冲上楼梯。他解开枕套，用力一抖把它翻了过来，当然，可怜的老暖手筒就跟一堆樟脑丸一起弹了出来，因为被关了很久，它差点晕了过去。它病了一整天，布丽奇特说幸好猫有9条命，不然它可熬不过来。

"我哭了，因为他们把它放出来了，我还说我不想让柜子里那些讨厌的飞蛾弄坏我的小猫的毛。这可把妈妈笑坏了，然后她把我抱到大腿上，向我解释暖手筒会自己打理自己的毛的，夏天不需要把它收起来。"乔伊斯说。

"这让我想起我和劳埃德经历的一次麻烦，"尤金妮娅说道，"当时她住在纽约。我们看到一个床垫被家里人送出去翻新，就问了保姆各种各样的问题。之后我们决定把我们的一张布娃娃床的床垫也翻新一下。于是我们撕开床垫的一端，把里面塞的棉花和木屑都掏出来，把它们放到儿童活动室的壁炉里烧掉了。然后我们开始在屋子里四处找东西填充它。

"楼下的图书室里有一块漂亮的毛皮地毯。我不记得它是用什么野兽的皮做的，我那时还很小。但是这是爸爸引以为豪的东西，它的毛又长又软又厚，我们决定剪掉一点，拿来填充我们的床垫。我们以为不会用太多的毛，于是我拿了保姆的剪刀，然后拿着那个空床垫溜进了图书室。

"我先剪掉了一些尾巴周围的毛，因为我觉得那里不太显眼。但是这些毛并不够填满床垫。于是我继续剪，这里剪一块，那里剪一块，剪得越来越多，最后我把后背的中间部分剪掉了一长条，地毯就这样被毁掉了。"尤金妮娅说。

"你爸爸说什么了？"乔伊斯问。

"哎呀，他气坏了！他说一个7岁的孩子应该明白不应该做那样的事，如果她还不明白，那就应该教训教训她。但是妈妈不让他碰我，只是训斥保姆没有好好盯住我。"尤金妮娅说。

"现在该轮到贝蒂了，"当尤金妮娅的故事引发的笑声平息之后，乔伊斯说道，"贝蒂，你搞过什么恶作剧吗？"

贝蒂还没来得及回答，门厅里就传来了脚步声，敞开的门口有敲门声，一个悦耳的声音说道："早上好，年轻的女士们。"

"哦，是牧师太太——布鲁斯特夫人。"劳埃德小声说着，从沙发上跳起来，走上前迎接她。

没有必要介绍，因为姑娘们已经见过这位面容姣好的老妇人好几次了。布鲁斯特夫人和谢尔曼夫人上楼去了，又把自娱自乐的任务留给了姑娘们。

大家都坐在爬满藤蔓的门廊上，从高大的白色柱子间望着这闷热的 6 月的暮色。大厅的灯光照射着台阶，4 只"鲍勃"在上面翻来滚去，但除了这一片被灯光照亮的区域，她们什么也看不见，甚至连星光都看不到。

"这天气又闷又热啊，"谢尔曼夫人说道，"好像一片树叶都没晃动，也看不见一颗星星。我想天亮前一定会有暴风雨。"

小上校说："这是我见过的最无聊的夜晚。我希望发生点什么事。我们好像很久都没有做什么有趣的事了。现在我们都康复了，还懒洋洋地坐在这儿真是浪费时间。妈妈，我们能干点什么呢？"

"我们讲鬼故事吧，"谢尔曼夫人说道，她知道过不了多久就会有事情发生，想让姑娘们在那之前有事可做。

175

她们把椅子拉到谢尔曼夫人身边，兴致勃勃地听着故事，2只"鲍勃"互相翻滚着掉下了高高的门廊，居然都没有人注意到它们的哀号声。不久，在讲到最惊险的部分时，谢尔曼夫人停了下来，用手指着那条林荫道。

　　"哦，哦，哦，那是什么？"小上校尖叫道，她的牙齿在打战，她急忙扑到妈妈的怀里，把椅子撞得砰的一声翻倒了。

　　"那是枕套派对，"谢尔曼夫人笑着回答说，"但绝对是我见过的最像幽灵聚会的活动了。"

　　一群披着白床单、戴着面具的人向她们走来。"哎呀，妈妈，太可怕了！"小上校搂着谢尔曼夫人的脖子小声说道。

　　"的确够吓人的，"她回答，"但是，他们都是你的朋友。比如，那个巨人就是你的好朋友罗布·摩尔，他踩着高跷；在队伍最后的那群小孩中有卡西迪家淘气的双胞胎——贝塞尔和埃塞尔。虽然她们只有6岁，但她们一再恳求允许她们参加，最后她们的妈妈同意了。她们的妈妈说她也会裹上床单，套上枕套，跟她们一起去，确保她们不出什么事，所以我猜她一定在那个队列里。我听说附近的人都要来，老人和孩子都要来，不过我要让你们自己去搞清楚面具下的人都是谁，因为这种派对的乐趣就是猜人。他们会在回家前摘下面具。"

那支队伍悄无声息地一直走到了别墅跟前，然后在门廊上的这群人前面排成一长列。

"有 38 个人，"乔伊斯小声说，"我数了数。最后面那个是不是很好笑？那位的头顶上套了一个长枕套，他的手从两边的缝里伸出来，像鱼鳍一样。我大概可以断定那位是基思。只要能看见他的手，我就能认出来，可他的手上面套着白色长袜子。"

人影开始前后摆动，越来越快，最后他们开始跳一种怪异的舞蹈。那些套着长枕套的人的动作最滑稽，门廊上的一小群观众笑得捂着肚子，直喘粗气。

那位高大的领队发出一个信号，于是披着床单的队伍突然分开，一半戴着面具的人在台阶的一侧笑着，另一半则走向另一侧。然后，一场拍卖会开始了，一侧的东西被卖给另一侧。竞价都是以哑剧的形式进行的，他们的样子都很相似，谁都不知道自己在给谁投标，也不知道自己是被谁的竞价打败的。那个巨人是拍卖师。

最后，每个出价的人都有了一个搭档，于是他们两个两个一本正经地走上台阶，同谢尔曼夫人和姑娘们握手。每个人都用假声说话，几乎不可能被认出来。女孩们依次和每个人交谈，但当揭开面具的信号发出时，她们只认出了罗布和基思，而小贝塞尔·卡西迪是唯一被认出的女孩。她们听得出她那奇怪的口齿不清的声音。

"这是我见过的最开心的惊喜派对。"尤金妮娅说。就在她说话的时候，周围嗡嗡的说话声停止了，因为突然一道耀眼的闪电划过天空，紧接着是一阵震耳欲聋的雷鸣，震得窗户哐当作响。谢尔曼夫人预测的天亮前会有的一场暴风雨，就这样不知不觉地来了，让他们措手不及。

"快进屋里！"谢尔曼夫人喊道，狂风呼啸着吹来，把百叶窗砸得砰砰响，也把树叶和沙砾刮到他们的脸上，把树都刮得几乎弯成了两截。又一道耀眼的闪电划过，紧接着是一声震耳欲聋的雷声，尤金妮娅吓得把手指塞进耳朵尖叫起来，贝蒂则用双手捂住脸。

他们坐了将近半个小时，等待暴风雨过去。有人提议玩几个游戏，但是没有一个孩子想玩。他们似乎觉得紧紧地依偎着某个成年人更有安全感。渐渐地，闪电越来越弱，雷声咆哮着远去了，雨依然下个不停。谢尔曼夫人吩咐在客厅里放点音乐，孩子们则溜到大厅里，随心所欲地在屋子里溜达。

大多数年龄大些的男孩和女孩三三两两地坐在楼梯上，此时从楼上走廊传来匆忙的脚步声和"伦敦桥正在倒塌"的吟唱声，这表明孩子们正在玩什么游戏。11点钟过后，马车才到达门口。雨已经停了，几颗星星开始努力从云层中探出头来。

"真是又冷又湿！"谢尔曼夫人走到前廊上，惊呼道，"你们来了以后，温度下降了很多呢。你们都要披上披肩才行。等我给你们拿几件披肩之类的东西来。"

"不用了，真的不用！"大家都拒绝了，"我们会再裹上床单的。我们不需要其他任何东西。"

这伙人对着大厅一角的那一堆床单大笑起来，它们都是他们躲避暴风雨跑进屋时被匆匆忙忙扔到那里的。几乎所有的面具和枕套又都被套上了，这群人便在一片混乱的笑声中散去了。没有人认得出自己身边的人是谁，也不知道自己在匆忙地向女主人道晚安时撞到的人是谁。

随着鞭子的噼啪声和车轮的嘎吱声，这支"幽灵"队伍出发了。合唱声自远处飘回门廊上的听众们的耳边：

我们的车轮快乐地滚动着，滚动着，滚动着。

"这是不是很有趣？"劳埃德打着哈欠，走上楼梯，"但是，哦，我特别累。我相信，如果他们再多待一段时间，我一定会瘫倒在地板上。"

第六章

又多了一例麻疹

在贝蒂看来，这个夜晚漫长得没有尽头。过了半夜，家里才安静下来。然后，每当她闭上眼睛，她就能看见那些幽灵似的白色身影在她面前排成长长的队伍摇摇摆摆地跳舞。过了一会儿，她放弃了睡觉的念头，躺在床上，两眼大睁，凝视着夜色，哪怕是最轻微的声音，都会让她发抖。

"谢尔曼夫人，又多了一例麻疹，"富勒医生直截了当地说道，"哦，这是我听说过的最不一般的家庭派对。你们好像特别喜欢这种娱乐活动。"

"贝蒂得麻疹可真不公平。"乔伊斯大声说道,"她当时没有进营地,而且她以前得过了!这太糟糕了!"

"我们大家都要好好对待她,"小上校说道,"因为她之前那么热心地逗我们开心。我们要轮流给她读书,逗她玩,因为她本来可以去户外玩的,却和我们在那间黑屋子里待了好久。"

"也许正因为如此她现在才躺在了床上,"医生回答说,"她本来应该和你们完全隔离开的。"

"可是她已经得过麻疹了,"谢尔曼夫人解释说,"我们做梦也想不到她还会得。可怜的小家伙!我希望这次是轻症。姑娘们,她以前受了很多苦,所以我们这次一定要让她过得开心些,我们可以陪她玩。"

"哦,不行,夫人,至少这几天不行。"医生严肃地说,"您必须非常小心她的眼睛。它们似乎受到了严重的感染,我必须警告您,它们的状况确实不太好。"

后来,他们把这个情况告诉了贝蒂,认为这样能让她不再哭,既然没有其他办法能让她不再哭,那就要让她意识到她不能再用眼泪刺激眼睛。平时，她是一个懂事的小姑娘，总会接受大家的建议。然而眼下她蜷成一团，闷闷不乐地躺在床上，抽泣着，仿佛她的心都要碎了。

"哦，我可不想得麻疹！"她抽泣着，大口喘着粗气说道，"哦，我可不想！"

"我亲爱的小姑娘，你可不能为这件事太难过了！"谢尔曼夫人哀求道，俯下身子温柔地擦着贝蒂那通红的小脸。

"你的情况不会比别的女孩子更糟，过几天你感觉好些了，我们就可以尽情地玩。姑娘们现在已经在计划做些什么来弥补这次让你失望的事。她们觉得她们应该受到责备，因为是她们不听话才让你得了麻疹。你不知道看到你这么痛苦她们有多难过。"谢尔曼夫人说。

然而，这些话也没能让她的眼泪止住。随即，谢尔曼夫人走到了外面的走廊上，姑娘们都在那儿等着她。

"我觉得她这么难过，一定还有我们不知道的原因。"谢尔曼夫人说道，"乔伊斯，你进去和她谈谈，也许你能找到这个原因。"

乔伊斯走进房间，询问贝蒂如此难过的原因。贝蒂让乔伊斯将她的日记本拿过来，取出里面夹着的一张剪报。她哭泣着让乔伊斯读剪报上的一篇关于图西塔拉（即罗伯特·路易斯·斯蒂文森在萨摩亚的名字）的故事。

谢尔曼夫人和姑娘们坐在门外，俯身听乔伊斯大声朗读那份剪报。下面是她们听到的：

"我们铭记着图西塔拉殿下伟大的爱心，以及我们在狱中和痛苦不堪时他对我们的关爱，我们为他准备了一份永恒的礼物——这条我们为他挖掘的道路。"

在一座遥远的、距离大陆数千米、与世隔绝的岛屿上，矗立着这样一块碑。它立在一条新路的拐角处，这条路是从热带丛林中开辟出来的，碑上的铭文的标题是《爱心之路》。下面是这条路的故事，以及建造它的原因：

几年前，一个身体不好、预计会早逝的苏格兰人，来到了这个偏僻的地方，因为这里的气候适合他这样的病人生活。他在这里定居下来，想要度过余生。

他买下了几十公顷的土地，认真地投入当地人的生活中。当时许多首领之间有很大的分歧，战争旷日持久。不久，首领们发现这个异乡人成了他们最好的朋友。他们开始向他寻求建议，并邀请他参加一些重要的会议。

虽然他没有名分，实际上却成了他们的传教士。他是他们的英雄，他们爱他，信任他，因为他试图将他们引上正路。他们从来没有过这样的朋友。因此，停战后，双方的首领各自给他起了名字，让他成为他们中的一员，从而授予这个英雄他们所能赐予的最高荣誉。

但是，许多首领仍然因为他们的政治观点或行为而被关在监狱里，经常面临被处死的危险。他们唯一的朋友就是这位苏格兰人，他们叫他图西塔拉。他拜访他们，安慰他们，向他们一再传讲基督历史上的篇章，并做了许多努力使他们得到释放。

终于，他为他们争取到了自由，尽管他们年老体衰、虚弱无力，但他们还是怀着感激之情前往恩人的庄园。在那里，他们顶着高温，花了几个星期的时间，为他修建了一条他们知道他渴望已久的大路。爱战胜了虚弱，他们没有停止劳作，直到他们的心血之作——他们所谓的"爱心之路"完工。

不久之后，这位苏格兰人突然去世。听到这个消息，当地的首领们从岛上各处来到他的住所，接管了遗体。他们进屋时吻了吻他的手，整个晚上都默默地围坐在他身边。其中一位虚弱的老人，跪在他的恩人的遗体旁，抽泣着说道："我只是一个贫穷又无知的黑人。可是，我并不害怕来见我死去的朋友最后一面。瞧，图西塔拉死了。我们在监狱时他关心我们。岁月都没有他的仁慈绵长。还有谁能像图西塔拉那么伟大呢？还有谁比他更有仁爱怜悯之心呢？你的爱比得了他的爱吗？"

于是首领们把他们的朋友带到他喜爱的一座陡峭的山顶上，在那里埋葬了他。这是一项艰巨的任务。

文明世界在哀悼这位伟大的作家——罗伯特·路易斯·斯蒂文森的名字被永久地镌刻于英国文学史册。而萨摩亚人为失去一个比其他所有人都更有爱心的兄弟而悲伤，只要这个太平洋岛屿依然存在，人们就会怀着感激之情铭记图西塔拉，因为他是一个好人。

"爱心之路"这个短语本身就是福音。"岁月都没有他的仁慈绵长"是一种新的祝福。名望与荣誉都终将消逝，唯有"仁慈"是不朽的。

故事中图西塔拉帮助当地首领获得自由，首领们为他修建了一条"爱心之路"。贝蒂希望能为教母做同样的事。

乔伊斯读完故事后仍不明白这与贝蒂的麻疹有何关系。贝蒂抽泣着讲述了教母对她的许多善行，谢尔曼夫人在门外听着，感动得视线模糊、脸颊湿润，意识到贝蒂曾多么缺少关爱，对这些小事充满感激。

"啊，真可怕！"小上校震惊地大叫道。

"什么东西可怕？"尤金妮娅问。

"嘘！"劳埃德小声警告她，此时她踮起脚尖走到窗前，坐在又宽又低的窗台上，"恐怕贝蒂会听到我们谈论她。医生刚才来过，他说，哦，尤金妮娅，这事太可怕了，我说不出来。他说他担心贝蒂会失明！"

小上校眼里噙着泪水，说道："你知道，得麻疹的人有时会失明，而她的眼睛从一开始生病时症状就是最糟糕的。麻疹发作的前一天晚上，她在烛光下看书，一直看到快天亮，因为当时她烦躁不安，睡不着觉。这当然让眼睛的情况变得更糟了。"

"失明！"尤金妮娅重复道，她闭上眼睛，不再看外面那灿烂的夏日世界，一阵寒意掠过她的全身。

"劳埃德，医生确定吗？难道就不能再想想办法吗？"乔伊斯问。

"他当然还不确定。我听到他对妈妈说，只要还有一线希望挽救她的视力，他就不会放弃努力，但他建议她派人请一位眼科医生来和他会诊。妈妈刚刚打电话到城里请了一位眼科医生过来。"劳埃德说。

"贝蒂知道这个情况吗？"乔伊斯问。

"她知道自己可能失明，所以她尽量保持安静和耐心。"劳埃德说。

尤金妮娅放下书，感到头晕恶心。她思考着劳埃德和乔伊斯刚才说的事，然后悄悄走到贝蒂房间外，偷听贝蒂与艾略特说话。贝蒂勇敢地描述着对美好事物的想象，尤金妮娅听后深感内疚。

她再也受不了了。她转身离开那门口，在自己的房间门口遇见了谢尔曼夫人，于是扑到她怀里抽泣道："啊，伊丽莎白表婶，我受不了了。如果贝蒂失明了，那都是我的错！如果不是我，她根本不会得麻疹。可是当时我非要去营地，还让其他人也去了。贝蒂表示拒绝的时候，我还对她恶语相向！哦，伊丽莎白表婶，我该怎么办呢？"

谢尔曼夫人把尤金妮娅拉进她的房间，尽力安慰她，可是她自己的心情也很沉重。她知道富勒医生成功保住贝蒂视力的可能性不大。

这一事实给整个家庭蒙上了阴影。那位有名的眼科医生来了，谈到病情时他严肃地摇了摇头。"她复明的机会不大，"他说，"只有百分之一的概率，仅此而已。现在，如果能有一个训练有素的护士持续观察她的眼睛，并严格按照指示做……"

"这些我都会给她安排的！"谢尔曼夫人打断了他的话，"只要能帮上忙什么都可以安排。"

"最好还是别让那孩子知道，"他接着说道，"这可能会刺激她，这是最需要提防的。"

蒙着眼睛的贝蒂可以听到耳语声，能感觉到空气中充斥着令人压抑的同情，于是开始猜测事情的真相。当受过专业训练的护士来家里非常用心地照顾、护理她的眼睛时，她就明白是怎么回事了。但是她什么也没说，他们也以为她没有起疑心。

一天，劳埃德兴奋地告诉贝蒂，她写的小诗——《夜》发表在了报纸上。贝蒂伸出一只颤抖的手去拿报纸，另一只手不由自主地抬起来去拨眼睛上的绷带。"让我看看。"她急切地叫道。可是她的喜悦很快便消失了。她断断续续地说道："哦，我忘了！我看不见！"

"如果……能看得见就好了！"贝蒂哽咽着说。她停顿了一下，转过脸去，强忍着悲伤，然后等她平静了一些之后继续说下去。

"在我的黑夜开始之前，我就写了《夜》，这是不是很怪异？我发表的唯一一篇作品竟然叫这个名字？我的漫漫长夜开始了，今晚没有星星。劳埃德，一想到我要永远生活在黑暗中，我就觉得可怕！"贝蒂说。

劳埃德转过身来，吃惊地瞥了一眼其他女孩。

"我……我不明白你的意思。"她结结巴巴地说。

"不，你知道，"贝蒂接着说道，"你们所有人一直想瞒着我，我要永远……失明了！"

说完这句话，她打了个寒战，抽噎着转过头面对着墙。护士示意了一下，劳埃德赶紧溜去她妈妈的房间。她发现尤金妮娅已经在那儿了，她的头埋在谢尔曼夫人的大腿上。

"啊，我的心都碎了！"尤金妮娅说道，"她可怜巴巴地说'我的漫漫长夜开始了，今晚没有星星'，想想那都是我的错！"

"出去骑会儿小马吧，出去吧，让夏日的阳光照照你们的脸，这样你们可以把阳光带给贝蒂。不要老是沉浸在你们自己的感受里，还是想点办法让她振作起来。"她说完便走了，丢下3个伤心的女孩坐在地板上。

过了一会儿，从林荫道上传来了一阵马蹄声，坐在贝蒂房间窗边的谢尔曼夫人向骑马离去的尤金妮娅、乔伊斯和小上校挥了挥手。她们出去了整整一上午，当她们回来的时候，6月的阳光已经发挥了它的作用。她们面带笑容，容光焕发，上楼时相互推搡着，咯咯地笑个不停。

贝蒂房间的门开着，让她们吃惊的是，当她们停下脚步偷偷往里瞧时，居然听到了一声轻笑。贝蒂仰面躺在枕头上，眼睛上缠着绷带，但嘴角挂着微笑。

她们下一次去她的房间时，知道了让她如此开朗的秘密。她转头看着她们，露出伤感的浅笑，不知为什么，这笑容比眼泪更令人难过。她说道："姑娘们，教母帮我在漫漫长夜中找到了几颗星星。她给我讲了弥尔顿的故事。我以前不知道他写《失乐园》的时候已经失明了。她还给我讲了范妮·克罗斯比的故事，这位盲人赞美诗作家的赞美诗帮助了许多人，而且全世界的人都在传唱。

"我已经打定主意了，如果医生不能挽救我的视力，我就要像他们那样生活。教母说，这就像夜幕降临时，把窗帘放下来遮挡外面的夜色一样，把灯打开，把火拨旺，让屋内明亮、欢快又温馨，从而让你忘记屋外的黑夜。

"如果我能做到这一点，时时刻刻都想着我所看到和读到的美好事物，也许有一天我就能像他们创作诗歌一样编写故事。我要写孩子们喜闻乐见并要求反复听的童话故事。我知道我能做到，因为我给戴维编的那些故事他都很喜欢。我从来不指望能写出像图西塔拉的作品那样受大人们喜爱并推崇的故事，只是想成为给儿童讲故事的人，能写出在我离世很久以后他们依然乐意听的故事——那样就不枉活这一辈子，即使我再也看不见亮光了。教母认为我能做到。"贝蒂说。

"我知道你能做到，"劳埃德热情地说道，"我们会帮你把故事抄写下来，然后送去装订成书。"

"乔伊斯，"贝蒂问，"你乐意把那份印有'爱心之路'的故事的剪报读给女孩子们听听吗？我想让她们也听听这个故事。"

她不知道她们已经听了这个故事，是怀着沉重的心情在门外听的。乔伊斯找到了那份剪报，再次朗读了一遍。

"现在我成了盲人，那就更难了，"贝蒂最后说，"因为无论我走到哪里，我都不可避免地需要大家照顾，给大家添麻烦。但是教母说，只要我对自己的不幸保持乐观开朗的态度，尽可能不让它影响到别人的生活，人们就不会那么介意了。我还没有对她说起这件事，要是爸爸在银行里留下了足够供我上学的钱，那我想去上一所盲人学校，学习读那些奇怪的凸点字母，学习自己做所有的事情。这样，我就不会给大家添太多麻烦。"

"可是你怎么可能这样乐观开朗地过一辈子呢？"尤金妮娅打了个寒战问道，"你可能会活到很老很老。"

"哎呀，尤金妮娅！"乔伊斯吃惊地大声说，"别提醒这个可怜的小姑娘这件事。"

"我知道，"贝蒂回答说，此刻她的笑容消失了，嘴唇在颤抖，"有时候我一想到这些，就难受得受不了。不过，那就一天一天地熬吧，如果我能够一天天坚持下去，始终保持勇气，那么之后一切都会好起来的，因为那里没有黑夜。昨天护士给我读了《启示录》里的这句话。有时候，这是唯一能安慰我的东西。"她转过脸去，低声重复了一遍："那里没有黑夜！"

第七章

"爱心之路"

　　乔伊斯被贝蒂的乐观打动，决定要改变自己的态度，开始为家人修筑"爱心之路"。她决定给妈妈写信表达爱意，并不再对尤金妮娅刻薄。

　　谢尔曼夫人想找尤金妮娅谈话，安慰她因贝蒂失明而自责的心。尤金妮娅在床上反思自己的行为，渴望变得像谢尔曼夫人一样温柔无私。后来，尤金妮娅给父亲写了一封长信，讲述了贝蒂的故事和"爱心之路"的意义，这封信深深打动了福布斯先生。

福布斯先生在回家的路上，造访了一家珠宝店，选了一枚小戒指。他让店员在戒指内壁刻了一个名字——"图西塔拉"，并吩咐店员当晚就把它送到酒店。

那天深夜，戒指被送到了他的房间，当时他正坐在那里给尤金妮娅写信。他刚刚写完这一段："我随信给你寄去一个护身符。也许把它戴在你的手指上，每天看着它，这样会提醒你那永远不该被忘记的永存的'爱心之路'。人们很容易忘记花时间去做善良的事。我在忙碌的生活中也常忽略这一点。我要把你的信随身带着，以作提醒。告诉你可爱的朋友贝蒂，她所激起的涟漪比她想象中的更大。"

"和尤金妮娅说这样的话，对我来说非同寻常。"他想，"她一定有很大的改变，才会给我写这封信。"他打开盒子，拿出小戒指。当他把戒指放在指尖转动时，他想起来她快要回家了。家庭派对很快就要结束了。

"没必要现在就寄给她，"他心想，"她很快就要回家了。等我们到了海边，我再把戒指给她吧。"

尤金妮娅写给他的信被摊开放在他面前的桌子上。这封被悔恨的泪水弄脏的信，使他的内心对她产生了别样的柔情。这封信展示了一个完全不同的尤金妮娅。不知为什么，她似乎比以往任何时候都更亲近、更珍贵，他真想把她抱在怀里，把这些想法告诉她。接着一个念头闪过他的脑海："好吧，为什么不呢？我该安排休假了，没有什么能阻止我去肯塔基州找她。杰克·谢尔曼一直邀请我去洋槐庄园，我要给这孩子一个惊喜。"

尤金妮娅对伊丽莎白表婶在第二天早晨收到电报的事一无所知，所以几天后当她看到她父亲从马车上跳下来时，简直不敢相信自己的眼睛。他笑着向她走来，还伸出双臂，她吃惊地看了他一眼，就扑到他的怀里喊道："哦，爸爸！爸爸！我太高兴啦！"

"我再也离不开我的宝贝女儿了，"福布斯先生说，"我必须来找她。"

这时，谢尔曼夫人走了出来，对他表示了最热烈的欢迎，尤金妮娅立刻跑上楼，把她的惊喜告诉了贝蒂，并催促乔伊斯和劳埃德下楼去迎接她爸爸。

"现在我要重新开始，"她在上楼时自言自语道，"我要好好关心、爱戴他，这是他应得的。我也要让他知道我是多么为他骄傲。奇怪的是，不知为什么，自从我思考了很多关于贝蒂的'爱心之路'的事情后，我真的更爱他了。"

那天晚上，福布斯先生把那枚戒指送给了尤金妮娅。她的头靠在他的肩上，他的胳膊搂着她，他们在一起畅谈了很久，以前他们从来没有这样做过。

福布斯先生嘴角扬起微笑，目光却略带迟疑地扫过尤金妮娅。"直到今晚我才意识到，"他说，"你居然如此成熟，又这么好相处。从今以后，我们要永远做好朋友，你说呢？"

"当然。"她回答道，然后淘气地模仿着他说话的声调和方式，"直到今晚我才意识到你这么年轻，又这么好相处。"

"我应该把这枚戒指给姑娘们看看。"她说道，不久他们便听到谢尔曼夫人回来的声音。然后她犹豫了一下，她的眼睛因为突然冒出的一个念头闪烁着喜悦的光芒。

"哦，爸爸，我想给劳埃德、乔伊斯和贝蒂每人送一枚这样的戒指，就当作家庭派对的纪念品。你不觉得这样很好吗？这个月我都没怎么花我的零花钱。我们明天能进城去买戒指吗？"尤金妮娅说。

"好的，我觉得可以。"她父亲回答说。

第二天一大早，福布斯先生和尤金妮娅便进城了，他们刚走，谢尔曼先生就发来电报，说他将乘中午那一班火车回家。小上校在房子里跑来跑去，兴奋地大声宣布这个消息。

"你听到了吗？杰克爸爸要回来了！外公还要多待几个星期才回来，不过杰克爸爸今天就要坐中午那一班火车回来了！"劳埃德说。

还有一个人也坐中午那一班火车来了，富勒医生坐马车去接了他，并立即把他带到了洋槐庄园。这位就是以前来过的眼科医生。劳埃德对父亲的到来激动不已，没有怎么在意正在屋里的两位医生，她也根本不知道他们什么时候郑重其事地给贝蒂的眼睛做了检查，然后又离开了。

那天下午晚些时候，尤金妮娅和她爸爸从车站坐马车回来，惊讶地看到小上校骑在塔巴比光溜溜的背上，6月的骄阳炙烤着她毫无遮拦的脑袋和通红的脸颊。当她走到能听到叫声的距离时，她疯狂地挥舞着手臂，想让马车停下来，并扯着嗓子尖叫道："杰克爸爸回来了，哦，尤金妮娅，贝蒂能看见了！"

马车停了下来，尤金妮娅急切地探出身子。

"我等不及你回家了，"小上校大声说道，"我就是想来告诉你。不过，她的眼睛有很长一段时间没有看东西了，所以还得戴好几个星期的眼罩。他们检查她的眼睛时，她能看见了！她不会失明了！"

尤金妮娅长舒了一口气。"爸爸，"她叫了起来，"你无法想象听到这个消息我有多宽慰！我一直特别自责，现在好像卸下了一副重担。"

当尤金妮娅和她爸爸进屋时，大家正在贝蒂的房间里举行庆祝活动。谢尔曼夫人站在楼梯口，还叫他们上楼来参加。

这是一场非常安静的庆祝活动。医生坚持要这么做，枕头上的那张小脸上充满了喜悦，每个人的心里都充满了幸福。这是福布斯先生第一次见到贝蒂。她躺在床上，褐色的鬓发在枕头上铺散开来，她的眼睛上还裹着绷带，但脸上的笑容是他所见过的最甜美、最开心的笑容。他不由自主地弯下腰来，在她的额头上轻轻地吻了一下。

"是谁呀？"贝蒂伸出一只小手好奇地问道，"是尤金妮娅的爸爸吗？"

"劳埃德叫我卡尔表叔，"福布斯先生回答说，握住那摸索着伸过来的手指，"我觉得大家都很喜欢的小贝蒂也可以这么称呼我。"

"我很乐意的，卡尔表叔。"那孩子腼腆地说，这便是一段温暖而忠诚的友谊的开端。

尤金妮娅一直等到爸爸和谢尔曼夫人离开房间后，才打开她的包裹。

"快来接我扔给你们的东西！"她高兴地大声说道，把一个白色小盒子扔到乔伊斯的大腿上，把另一个扔到劳埃德的大腿上。但是她把第三个盒子打开了，拿出里面的戒指，戴在贝蒂的手指上。

"这些戒指跟爸爸给我的那枚很像，"她说，"内壁刻了'图西塔拉'的名字，帮我记住贝蒂告诉我们的那条'爱心之路'。"

"它会让我想起更多的东西，"贝蒂感激地说，"它会让我记住这是我生命中最快乐的一天。这是我这辈子得到的第一枚戒指，"她说着骄傲地把戒指戴在手指上，"要是我能看到它就好了。不过总有一天我会看到它的！哎呀，姑娘们，除非你们也像我一样被封闭在这可怕的黑暗世界里，否则你们不可能知道，也无法想象这对我有多么重要。"

房间里安静了片刻，然后尤金妮娅弯下腰，快速地吻了一下贝蒂。"哦，贝蒂，你的失明也有点好处，"她双颊通红，急促地说道，"这让我明白了我以往是多么可恶，多么自私，我再也不会像对你那样刻薄地对待别人了。我正在努力挖一条像'爱心之路'那样的路，如果没有你，我永远也不会想到这样做。"

说完，她急忙转身，跑过走廊进了自己的房间，砰的一声关上了门。

第八章

一场灯笼盛宴

7月的第一个星期结束了，家里的派对也要随之结束了。

"啊，天哪！"小上校在楼梯口等姑娘们穿衣打扮时，用嘶哑的声音说道，"这是我们最后一次一起冲下楼吃早餐了。我很高兴贝蒂会晚一点离开。如果你们大家在同一时间离开，那我就太孤单、太难受了。"

"我也很高兴，"贝蒂说着慢慢地摸索着走出房间，她的眼睛上戴着眼罩。她的漫漫长夜快要结束了，虽然还要过好几个月她才可以看书。她的教母曾写信给阿普尔顿夫人，说她想让贝蒂跟她待到她的眼睛康复得比较好时再离开。

"这是我们最后一次一起骑马了。"吃过早餐，骑上了花斑后，乔伊斯感慨道，"哦，劳埃德，真是太好玩了，我非常喜欢这匹小丑马。它是最可爱的小动物，我这辈子都不会忘记它。"

"这也是我们最后一次一起骑着马冲出这道门，看到那些男孩子从大路上过来迎接我们。"尤金妮娅大声说道，"瞧，他们三个都在那儿呢。哦，他们还没听到那个消息呢，我要冲到前面去告诉他们。"

尤金妮娅要说的消息是秋天她要和父亲一起出国。他在来到洋槐庄园的这段时间里，将一切都安排好了。由于公司的业务需要，他将去英国出差一个月。

"我不知道对于这次出行，我和我的女仆谁会更激动。"尤金妮娅对男孩们说道，"艾略特一想到能再次回到家乡、见到家人，就欣喜若狂，我也几乎和她一样激动。我们要去五六个月。爸爸说我们在那边时可以四处走走，所以也许我们会在法国过圣诞节，就是乔伊斯去过的那个地方。"

"你们今晚几点离开洋槐庄园？"马尔科姆问。

"我想应该是坐 10 点的火车吧？乔伊斯会和我们同行一段路程，因为在我们回纽约之前爸爸要去一趟圣路易斯。"尤金妮娅说。

"那你们现在要走哪条路呀？"基思问。其他人也加入了他们的行列，7 匹小马在大路中间围成一个圈。

"我们要去你家，"乔伊斯说，"向你奶奶麦金太尔夫人和艾莉森小姐告别。这段时间，她们一直对我们很好。你们的艾莉森姨妈为了让我们玩得开心，尽心尽力。至于你们的奶奶，我简直无法形容在我们得麻疹时，她给了我们多么大的鼓励。我们每天都会收到她送来的东西，我在肯塔基州最美好的记忆之一就是你奶奶那慈祥的模样。"

两个男孩立刻摘下帽子以示谢意，但基思却不耐烦地叫道："哎呀！我以为我们今天早上是直接去磨坊呢。这可是最后一次了。你们不用专门去跟她们告别，我们今晚会在……"

然而此时劳埃德把手指放在嘴唇上，摇了摇头，不让他说下去。"快来！"她大声喊着，让塔巴比在大路上奔驰，"我们不能一整天都在这儿干站着。"

基思在她后面猛追，赶到她身边后便用一只手抓住了她的缰绳。"怎么了，野蛮人小姐？"他问，"你那样冲我摇头，是什么意思？"

"你就不能保守秘密吗？"她生气地说道，"你明知道今晚我们想给姑娘们制造惊喜。"

"啊，我忘了！"他叫道，用一只手捂住了嘴。

"要等到点灯的时候，才能让她们知道这件事。"她严肃地说，"我觉得，即使你们今晚都要来我们家，她们今天早上不到你们家去告别也是非常不礼貌的。"

"喂，劳埃德，请给我留点面子，求你了。"他可怜巴巴地恳求道，"至少让我能体面地结束今晚的聚会。你就原谅我吧！"

"最后一次！这是最后一次！"当她们又一次去那家小邮局取信时，当她们依依不舍地转身回家时，当她们漫步在洋槐树树荫下那条长长的林荫道上时，她们都说过这句话。当她们四人并排、手挽着手在院子里漫步，最后看一眼每一个角落时，她们又说了一遍这句话。在过去的5个星期里，她们经常在那里嬉戏玩耍。她们心里都清楚，这些事都是她们最后一次做了，这种想法如同一股悲伤的暗流，始终伴随着她们。

"你有没有觉得今天的时间过得飞快？"那天下午，乔伊斯在贝克妈妈帮她打包行李时抬头问道，"快6点了，我还没有去看那棵桑树呢。我想在晚宴前再荡一次那个用葡萄藤做的秋千。"

"现在没时间了。"小上校说着，焦急地朝前窗望了一眼。要不是姑娘们忙得不可开交，她们也许会注意到，有一段时间她一直在耍花招，不让她们靠近前窗。当她们准备去吃晚饭时，她甚至带她们走后楼梯，借口是她想让她们看看装乔伊斯的小狗的篮子。尤金妮娅的"鲍勃"要留在洋槐庄园，一直待到她出国旅行回来。

乔伊斯在背包里放了一条蓝丝带，准备快到家时把它系在小狗的脖子上。"哎呀，姑娘们，"她叫了起来，"你们不知道，我家里那些孩子看到这个小家伙从篮子里滚出来会有多高兴！他们都会马上伸手抓它，玛丽会高兴得尖叫起来。真希望现在就能听到她的尖叫声。不知道为什么，我现在迫不及待地想见到他们，虽然我一点也不想离开洋槐庄园。我在这里太开心啦！"

就在这时，贝克妈妈出来告诉她们晚饭已经准备好了，劳埃德又赶忙带着她们穿过后边的走廊，而她却在入座前跑到前门往外看了看。这顿饭吃得很愉快，因为杰克爸爸讲了他那些最精彩的故事，卡尔表叔回忆了他那些最有趣的笑话，好让孩子们忘记她们分离的时刻快到了。

当他们流连于餐桌旁时，亚历克、沃克、贝克妈妈和所有能帮忙的仆人正在把草坪变成仙境。他们忙了好几个小时，挂上了一串串灯笼，又一排一排地点亮了它们。大灯笼、小灯笼，圆灯笼、方灯笼，它们的大小、颜色、形状各异，照亮了夏夜。红彤彤的灯笼巨龙在门廊的白色廊柱之间摇荡着；草坪上的灌木和树上，挂满了发光的鱼、兽、鸟等形状的灯笼，使每根树枝都闪烁着光芒；而在草丛里和花坛中，数百盏小仙女灯闪烁着光芒，犹如萤火虫在举办狂欢节。

草坪上搭起了帐篷，到处都摆着桌子，每个帐篷上都挂着闪闪发光的彩灯，每张桌子上方都有一顶凉棚。不过，在这令人眼花缭乱的场景中，最美丽的还是那条挂满了彩灯的洋槐树林荫道。在那长长的拱形通道中，无数盏迎客的灯笼闪烁着柔和的光芒，仿佛那些大树上挂满了星星。

"在客人们来之前，我们先坐在台阶上欣赏一下吧。"一阵充满惊喜的赞叹声过后，小上校说道，"山谷里的人过一会儿就要来跟你们告别，我们叫他们早点来，因为你们的火车不久就要开走了。"

就在她说话时，大门口传来了车轮滚动的声音，金银花凉亭里的乐队开始为他们的小提琴调音。没过多久，这地方便人声鼎沸，人们在草坪和门廊上来回涌动，既有成年人，也有孩子。有所有参加过枕套派对的人，有所有想方设法让姑娘们开心的人，还有贝蒂妈妈和乔伊斯妈妈少女时代的所有朋友。

过了一会儿，当客人们在凉棚下享用茶点时，福布斯先生四处寻找贝蒂。起初到处都找不到她，但不久他在门廊的一个黑暗的角落里被她绊了一下，因为她的眼罩遮住了眼睛。

"你不能像我们其他人一样享受这场面，真是太可惜了。"他同情地说。

"卡尔表叔，我在全心全意地享受着呢。"贝蒂抗议道，"我把眼罩拉开了6次，每次都飞快地向四周扫一眼，音乐是那么悦耳，每个人都走过来跟我讲好玩的事情。本来我是非常高兴的，可是我一直想着这是我们在一起的最后一段美好时光，而我马上就要跟尤金妮娅和乔伊斯说再见了。你知道，我以前不认识任何女孩子，"她真诚地补充说，"你想象不到我多么喜欢她们。"

"来，跟我到大门口去，"福布斯先生说道，"我有话要跟你说。"在他们沿着长长的拱形光带走着的时候，她把眼罩掀开了片刻，迅速地朝四周瞥了一眼。"这太壮观了！"她叫道，"看上去很像那条'爱心之路'！"

然后，她叹了口气，把眼罩放下来，把手伸进他的手里，让他牵着她，闭着眼睛往前走。

"你真是一个知恩图报的小姑娘。"他笑着说道。

他告诉她，秋天他要回来接她，尤金妮娅想让她跟他们一起出国，他认为这样的安排对两个姑娘都有好处。这对尤金妮娅来说是好事，他出差的时候，好几天就只剩她和艾略特相伴。这对贝蒂也好，因为在她不能用眼睛学习的时候，她可以享受旅行的乐趣。

"你要去看看阿伯茨福德，"他说道，"还有伯恩斯的家乡，再参观一下莎士比亚的家。你还要去华兹华斯学习写作的英国湖区旅行，然后去罗马，还可以去看威尼斯运河、荷兰风车。你会听到你知道的历史上重要的河流和山脉的传说，并聆听挪威瀑布的美妙声音。我的小'图西塔拉'，你不觉得这会帮助你成为一个优秀的儿童故事作家吗？"

"你的教母告诉了我一些你的秘密，还给我看了一些你写的诗歌和故事。贝蒂，你有什么想法？你愿意去吗？"福布斯先生问。

"我能去吗？"贝蒂高兴地叫道，双手紧紧握住他的手，把它们亲热地贴在自己的脸颊上，"哦，卡尔表叔！为什么每个人都对我这么好？我觉得纳闷。"

他们已经走到大门口，转身向别墅走去。福布斯先生带着父亲般的慈爱，把手放在她褐色的鬈发上。

他说道："小家伙，这都是因为你发现的那条路，那条'爱心之路'。我没有像尤金妮娅那样戴着戒指以警醒自己，但自从她写信告诉我你教给她的关于那条路的一切以后，我就一直牢记着它的意义。"

他们一起从洋槐树下慢慢地走回屋里，盛开着花的树枝在他们的头顶上方形成了一个拱顶。乐队演奏着轻柔的音乐，贝蒂被音乐、灯光以及她面对的好运所鼓舞，简直不敢相信此刻她的脚还踩着大地。她感觉自己好像在某种梦境中。

乔伊斯是第一个分享她的好运消息的人，正当她讲这件事的时候，尤金妮娅又宣布了一个令人欣喜的消息。

"我们要去图尔市，"她喊道，"然后穿过卢瓦尔河去圣塞福里安，乔伊斯曾经在那里待了一个冬天。我们还可以看到'巨型剪刀之门'，还有住在那里的小朱尔斯。"

"太好啦，"乔伊斯说道，"你应该让格雷维尔夫人带你到处看看。"

"是什么好消息?"小上校从她们身后走过来问,贝蒂也告诉了她。

"劳埃德·谢尔曼,太意外了!"贝蒂补充道,兴奋地给了她一个拥抱,"如果不是因为你,这一切永远不会发生。这都是因为你举办了一个其乐融融的家庭派对,还邀请我参加。"

告别的时间到了。乔伊斯和尤金妮娅戴上帽子,马车驶近时,艾略特提着背包匆匆走了出去。在最后一刻,贝克妈妈带着两个巨大的包裹在大厅里拦住了她们。

"除了祝福之外,我也没别的能给你们这些孩子的了,"她说着把包裹交给她们,"不过我还能做吃的东西,我给你们每人做了一个很大的香草蛋糕,还在上面撒了2厘米厚的糖霜。"

姑娘们向她道谢,她那黑黑的脸上露出了笑容,但当她们坐进马车之后,便可怜兮兮地看着彼此。

"我真不知道,怎么抱着一个大大的香草蛋糕去纽约。"尤金妮娅说道，"我要把它切开，然后在火车上分给大家。"

"那想想我吧，"乔伊斯抱怨道，"我也要带着我的蛋糕和'鲍勃'，还没有人帮我拿我的背包和雨伞。"

亲吻和握手开始了，接着是一连串的道别声。"乔伊斯，代我向你母亲问好。""尤金妮娅，回去第一件事就是给我写信。""贝蒂，再见。""劳埃德，再见。""我和基思现在不告别，我们要跟着你们到车站，送你们上火车。""大家再见！再见了！"

马车终于开动了，但是罗布的一声尖叫使马车停了下来。他们回头一看，只见他站在门廊上，他旁边的小上校正兴奋地挥舞着整个傍晚都拿在手里的一束花。她头顶上方的红灯笼发出的光，给她那娇小的身体、柔顺的浅色头发和仰着的笑脸披上了一层玫瑰色的光辉。这就是乔伊斯和尤金妮娅离开时带走的画面。

"等等！"小上校叫道，脸颊上露出了酒窝，眼睛里闪烁着狡黠的光芒，"等等！你们忘了东西！尤金妮娅的鸡！"

福布斯先生把它提到装着乔伊斯的小狗的那个大篮子

旁边。

"哎呀，我坐到了我的蛋糕上，把它压碎了。"乔伊斯在挪到一边给那个装着鸡的旧箱子腾地方时发着牢骚说道，"你说我们怎么带着这些香草蛋糕、小狗、鸡和男孩们在最后一刻一堆一堆塞给我们的纪念品回家呢？"

马车在一片哄笑声中上路了，行进在长长的林荫道上，走在那闪闪发光的拱形通道下，每一棵情意绵绵的老洋槐树都举着亮晶晶的灯笼，照亮他们的路。走到一半时，乐队开始演奏《我的肯塔基老家》，尤金妮娅和乔伊斯使劲探出身子，再次回头向小上校挥手告别。